어머니의 밥상

어머니의 밥상

강상옥

좋은땅 출판

혼자 품위 있게 놀기

세월의 속도를 느끼게 되니 조바심이 납니다.

나는 누구인가. 나에 대해서 제대로 아는 사람이 누가 있을까. 산사에서 화두를 들고 수행하는 스님도 아닌, 보통사람인 내가 나의 참모습이 무엇인지를, 신호등이 고장 나기 전에 정리하고 싶었습니다. 대단한 위인도 아니면서 내놓을 게 뭐 있느냐고 자책과 고민도 많이 했습니다.

나는 시간이 나면 주로 밭일을 합니다. 심어놓은 많은 작물들이 내 손을 기다리고 있습니다. 올해는 여섯 차례나 태풍이 지나가며 농장 곳곳에 생채기를 내었습니다. 식물들을 돌보기에도 바쁜데 상처 난 시설물들을 손보느라 쉴 새가 없습니다. 더구나 비는 왜 그리 많이 오는지. 올 농사는 거두어들일 게 별로 없을 듯합니다.

세상 사람들 하는 행태를 보니 하늘이 매우 화가 난 모양입니다.

일을 할 수 없게 되거나 밤에 잠이 오지 않을 때에는 글자와 자판놀이를 벌입니다. 장기를 두듯 글자를 이리저리 움직이며 다른 사람에게 공격당하지 않도록 조심스럽게 배열합니다.

이 놀이에 빠져 있으면 시간이 금방 지나갑니다. 눈이 아파옵니다. 낮에 일하면서 흘린 땀이 눈에 들어가서 염증이 생겼으니 쉬라는 의사선생님의 진단입니다.

놀이에 쓸 글자가 생각나지 않는 경우가 많습니다. 그럴 때에는 자판기를 접어두고 그 글자를 찾아 헤맵니다. 그것을 찾는 데에 몇 날, 심지어 몇 달이 걸리기도 합니다.

우리 모두는 우리 역사의 창조자이자 후세의 박물관입니다. 조그만 박물관이 사라지기 전에 전시품 하나 거두어두렵니다. 그러니 그 전시품은 무엇보다 진솔한 고백이어야 할 것입니다.

회고하건대 내가 지금까지 살아오면서 가장 잘 선택한 일을 꼽는다면, 첫째는 공무원을 선택한 일이요, 두 번째는 수필 쓰는 방법을 배우게 된 일입니다. 특히 저에게 혼자서 품위 있게 잘 노는 법을 열네 해나 가르쳐주시는 안성수 교수님을 만난 것은 제 삶의 큰 행운입니다.

이제 황금돼지도 떠나려 합니다. 새해에도 변함없이 해는 뜨겠지요. 뜨고 지는 해를 바라보며 신세한탄 걷어내고 밭농사와 자판놀이나 열심히 하렵니다.

자판놀이 하는 우리 벗님네들, 제가 벌여놓은 이 놀이판에 잠시 들어와서 놀다가지 않으시렵니까.

2019년을 보내면서

운담 강상옥

제주인의 정체성과 원형심상

안성수 (문학평론가, 제주대 명예교수,
수필오디세이 발행인 겸 주간)

Ⅰ.

강상옥 수필가는 제주에서 태어나 평생 제주를 지키며 살고 있는 70대 중반의 작가이다. 그만큼 조상 대대로 이어져 오는 제주인의 정체성과 문화적 토양을 온몸으로 보여주며 글을 쓰는 작가이다. 그래서인지 그의 작품을 읽다 보면, 제주인의 보편적 심성과 문화적 원형을 만나고 있는 듯한 느낌이 든다.

그의 수필 속에는 잘 익은 제주 토종 과일에서 맛본 듯한 맛과 향들이 문장마다 스며 있고, 제주인의 인간적 매력과 삶의 정취가 작품마다 수묵화처럼 펼쳐진다. 맛보기로 인용한 〈어머니의 밥상〉은 그의 인간과 문학을 상징적으로 보여주는 수작秀作이다. 올해 100세를 맞은 노모를 요양원에 모시고 사는 작가의 심정이 무구無垢하고 진솔하다.

미라처럼 말라 쪼그라든 체구는 대여섯 살 난 어린애만합니다.

"늙으민 어린애가 된댕 허는디 나가 꼭 그 짝이여, 머리 허영헌 아들이 기저귀를 갈고."

하며 돌아눕는 어머니의 모습에 콧잔등이 찡함을 느끼게 됩니다.

아침에는 왕진 온 의사 선생님의 좀 어떠시냐는 물음에는 대답도 하지 않고 딴청을 부립니다.

"식당 문 열었수가? 우리 아들 아침밥 먹어야 허는디."

어머니에게는 끼니에 대한 남다른 의식이 아직도 남아 있는 듯합니다.

『어머니의 밥상』 중에서

어머니의 끝없는 사랑과 은혜를 떠올리며 한 자 한 자 원고지를 채운 작가의 모습이 눈에 선하게 그려진다. 이런 글이 바로 전통적인 수필의 모습이다. 수필은 작가가 직 · 간접으로 경험했던 실제 삶을 깊이 있게 통찰하여 깨달음을 체득한 뒤, 그 내용을 격조 있게 고백하는 반추反芻의 문학이다. 소설이나 시처럼 상상력으로 꾸며 쓴 이야기가 아니라, 자신의 삶을 이끌어온 자기철학과 자기미학을 문학적으로 털어놓는 고백록이다.

그러므로 수필의 진정한 가치는 작가의 실존적 정체성을 가장 예술적으로 증언하는 문학적 인간학을 보여주는 데 있다. 이 수필집 속의 작품 하나하나는 모두 수필작가 강상옥의 분신들이자, 영성으로 체득한 순결한 깨달음의 메시지들이다.

Ⅱ.

하지만 수필에 대한 세간의 인식과 평가는 여전히 20세기식이다. 그동안 수필을 주변문학이나 신변잡기로 폄貶해온 독자들이 있다면 불행한 일이다. 이런 주장의 밑바탕에 깔려 있는 몇 가지 오해의 씨앗들이 독자들을 혼란스럽게 만들고 있다.

첫째는 우리 사회가 수필을 제대로 써보거나 연구해보지도 않고 함부로 이야기해왔다는 점이다. 수필은 역사적으로 타 문학 장르나 타 예술에 비해 깊이 있게 연구하거나 써본 적이 많지 않은 장르이다. 수필이란 용어는 동서양에서 수백 년 전부터 사용해왔으나, 그 누구도 수필의 본령을 체계적으로 깊이 있게 연구하거나 작품으로 써본 적이 많지 않다는 사실이 이를 증명한다.

둘째는 수필을 통해서 탐구하는 진리가 이 우주를 절반쯤 해명하고 있다는 사실을 모르고 있다. 우리가 사는 우주를 크게 사실세계와 허구세계로 나누어 보자면, 전자는 비허구문학(논픽션)으로, 후자는 허구문학(픽션)으로 탐구되어왔다. 따라서 비허구문학인 수필 세계를 다른 허구문학과 단

순비교하는 것은 비논리적이다. 탐구 범주가 본질적으로 다르기 때문이다. 특히, 포스트모던 시대를 맞아 픽션 장르의 작가들이 논픽션의 기법과 작법을 진지하게 차용하고 있는 현실에서도 수필의 고유성을 확인할 수 있다.

셋째는 수필세계가 여전히 베일에 가려져 있다는 사실도 모르고 있다. 이런 점은 수필시학이나 수필미학의 연구가 거의 전무하다는 점으로도 증명된다. 특히, 지금까지 수필의 최고 본령인 제재에 대한 심미철학적인 영적 통찰을 통하여 쓴 작품이 많지 않다는 사실도 하나의 증거가 된다. 더욱이 세계적인 철학자들은 자신의 철학을 완성한 뒤 그 사상을 에세이를 통하여 발표해왔다는 사실도 수필의 무한 가능성을 입증하는 점이다.

수필문학은 아직 충분히 탐구되지 않은 채 남아 있는 미지의 문학 장르이다. 흔히, 21세기를 수필의 시대로 명명하는 것도 이런 근거에 바탕을 두고 있다. 수필 작가들은 허구문학과 상호 보완관계에 있는 사실문학의 계승자로서 자긍심을 갖고 글을 쓸 일이다. 그리고 머지않아 인간, 자연, 우주의 본질과 관계철학에 대한 자신의 체험과 깨달음을 웅숭깊게 펼쳐 보이면서 새로운 문학예술의 신세계를 개척하리라 확신한다.

Ⅲ.

강상옥 작가의 수필집은 여러 가지 매력과 에너지로 넘친다.

우선, 재미있는 이야기들이 많다. 기본적으로 수필의 재미는 유머러스한 요소가 내재된 제재로부터 나오는 것이지만, 이야기를 흥미롭게 들려주는 작가의 타고난 성향이나 문체, 담화 능력에서 나올 수도 있다. 이 작가의 경우에는 후자일 듯싶다. 대표작의 하나인 〈나의 영지에서〉를 뜯어보면 그의 유머는 타고난 재능이 아닌가 싶다. 한국 수필계에 의미 있는 이야기를 들려주는 작가는 많으나 재미있는 작품을 쓰는 작가는 많지 않은 상황에서, 강상옥 작가의 발견은 가뭄에 단비 같다.

둘째, 부드럽고 간결한 문장은 이 작가의 큰 매력이다. 군더더기 없는 소박하고 담백한 전통적인 수필 문장들이 안정된 리듬을 타면서 따뜻한 서정과 그윽한 울림을 만들어 낸다. 작가가 배열해놓은 문장들은 마치 깔끔하게 정돈된 제주의 시골길이나 돌담 사이에 숨어 있는 올레길처럼 정겹다. 문장은 곧 작가 자신이라는 뷔퐁의 선언처럼, 이 작가의 문장들은 그 나름의 문체를 형성하면서 그의 인격과 정서와 사상을 격조 있고 개성 있게 들려준다.

셋째, 이 작품집의 이야기들은 제주인의 정서와 사상을 이해하는 길잡이가 될 만하다. 강상옥 작가의 수필 속에는 변화하고 있는 제주의 자연과 문화를 흥미롭게 증언한다.

이런 작품들은 점점 사라져가는 제주 문화의 원형적 심상을 귀중한 흑백사진으로 보여주고 있는 듯하다. 그것은 안타까운 옛사랑의 흔적처럼 소멸의 미학으로 다가와 독자의 가슴에 연민의 감정을 불러일으킨다.

넷째, 그의 작품을 관통하는 생활철학의 모토는 자연이다. 40여 편의 작품이 수렴하는 그의 정신세계는 자연철학에 뿌리를 두고 있다. 이런 점은 그가 평소에 노자와 장자, 명리학 등의 동양철학을 가까이하고 안분지족이나 안빈낙도를 실천하면서, 자연 친화적이며 자연 합일적인 삶을 지향한다는 사실에서도 확인된다. 그래서 그의 수필 속에서는 자연의 이법 속에서 인생의 법칙과 순리를 깨닫는 담론들이 지배적이다. 그의 작품 속에 옛 고향과 잃어버린 자연에 대한 향수가 뭉게구름처럼 피어나는 것도 이런 까닭이다.

다섯째, 작가의 인생 속에 투영된 삶의 미학은 한마디로 순수미이거나 소박미쯤 될 것이다. 작가의 삶의 미학은 그의 평소 신조나 인생관에서 나오는 법이다. 아들의 결혼식장에서 신랑 신부에게 들려준 덕담을 소재로 쓴 「숙제하기」라는 작품 속에는 이 작가의 겸허한 인생관이 정갈하게 담겨 있다. 즉, '보통사람으로 살라. 남과 비교하지 마라. 남 탓하지 마라. 인연을 소중히 여기며 살라.'는 삶의 계율은 주어진 운명을 소중히 감내하면서, 주체성을 갖고 소박하게 살기를 바라는 심미적 표현으로 보인다. 이 네 가지 삶의 정신이 그의 자연철학과 혼융되어 순수미와 소박미로 나타난 것으로 보인다.

Ⅳ.

끝으로, 필자는 독자들에게 이렇게 권하고 싶다. '제주인의 전형적인 삶의 이야기가 궁금하면 이 작품을 읽어보라. 제주인의 보편적인 정서와 삶의 철학을 맑은 영혼으로 느끼고 싶으면 이 작가를 만나라'고. 강상옥 작가의 작품 속에는 제주인의 정체성과 원형적인 문화의식이 거의 변형되지 않은 채 정직하게 담겨 있기 때문이다.

필자가 보기에 강상옥 작가는 가장 제주도적인 인물이다. 그래서 그의 작품 속에는 훼손되지 않은 제주의 자연과 문화와 역사가 순결하게 숨 쉬고 있다. 무릇, 수필집이 작가의 삶과 철학과 미학을 문학적으로 고백한 영혼의 기록이라면, 이 작품집은 그의 진면목을 보여주기에 충분하다. 그리고 이 수필집은 올해 상수(上壽, 100세)를 맞은 병중의 노모님께 올리는 사모곡이라는 점에서도 특별하다. 가족과 친지들에게는 영원히 간직해야 할 소중한 가문의 유산이 되리라 확신한다.

차 례

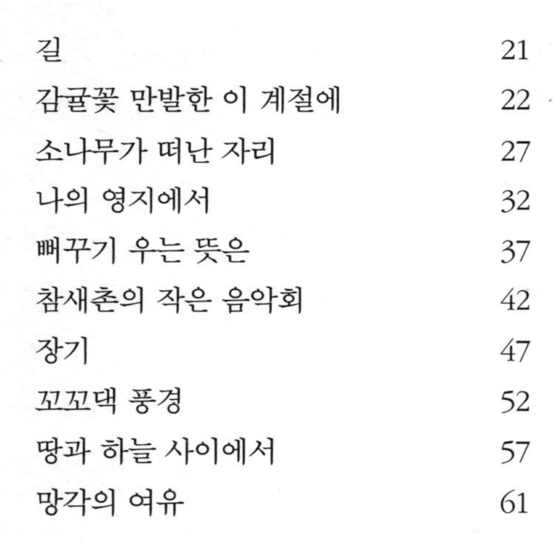

1부 참새촌의 작은 음악회

2부 무당개구리의 묵언

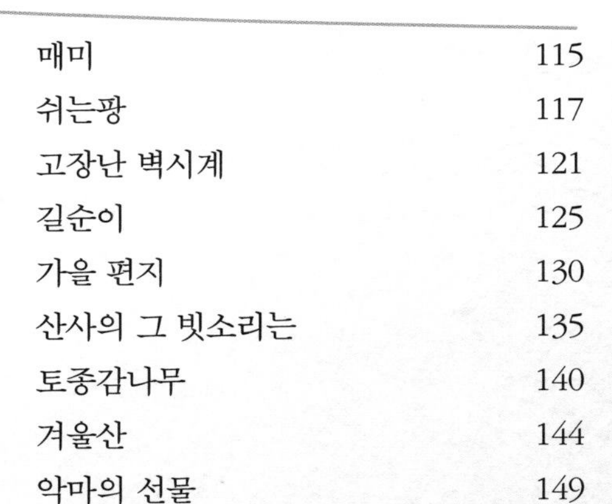

3부 가을 편지

4부 인걸의 맥을 찾아서

5부 어머니의 밥상

01

참새촌의
작은
음악회

길

감귤꽃 만발한 이 계절에

소나무가 떠난 자리

나의 영지에서

뻐꾸기 우는 뜻은

참새촌의 작은 음악회

장기

꼬꼬댁 풍경

땅과 하늘 사이에서

망각의 여유

길

알려고 하지 마라

너의 길도 모르고
나의 길도 모른다

만들려고 애쓰지 마라

어차피 완성도 못하고
만들어도 쓸모없다

가다 보면 만나고
오다 보면 만나는 것

그것이 길이다.

감귤꽃 만발한 이 계절에

봄은 만물의 각질을 걷어내는가 봅니다. 우리 농장의 과일나무들도 그 느낌을 알아차리고 맨 먼저 매화가 각질을 뚫고 꽃눈을 내밀었습니다. 아직 매서운 동장군이 채 물러나지도 않은 때, 바람을 막아줄 잎사귀 하나 없는 상태에서 수많은 꽃을 밖으로 내몰았다가 늦게 떠나는 칼바람을 맞고 시들어버렸습니다. 조금 참았으면 좋았을 걸…… 성질 급한 것은 밭주인을 닮은 것 같습니다.

뒤를 이어 복사꽃, 배꽃이 봄바람을 몰고 오더니 지금은 감귤꽃이 농원을 가득 메웠습니다. 녹색과 연두색 잎 사이에 하얀 꽃들이 무더기로 피어 온 들판이 꽃향기로 가득합니다.

농원 한 구석 돌담 밑에는 산작약이 길게 줄을 지어 피었습니다. 꽃잎을 반쯤 오므린 채 검붉은 암술을 중심으로 노란 수술들이 둘러싼 모습이 연등을 연상케 합니다. 엊그제가 부처님오신날이니, 부처가 보낸 듯하여 합장이라도 올리고 싶습니다.

이름 모를 새들이 근처 어딘가에 앉아 노래 부르고, 하늘에는 뻐꾸기가 오가며 장단을 맞춥니다. 꽃밭에는 벌들이 윙윙거리며 꿀을 나르다가 때로는 앞발로 얼굴을 문지르고 날개를 바르르 떨며 단장을 하는가 봅니다.

봄볕이 다사롭습니다. 나는 겉옷을 벗어 나뭇가지에 걸어놓고 콧노래를 부르며 꽃을 솎아내고 잔가지를 쳐냅니다.

나무도 사람 마음과 다르지 않은 걸까요. 돌출행동으로 도장지를 만들고, 헛부지런으로 잔가지를 내며, 지나친 욕심으로 꽃을 너무 많이 피운 걸까요. 아닙니다. 그것은 나무의 책임이 아닙니다. 사람이 제 욕심을 채우기 위해 나무의 특성을 변형시켜서 열매를 많이 달리도록 만들었으니까요.

나는 나무를 보면 그 나무의 마음과 열매를 달고 키울 능력을 가늠할 수 있습니다. 그래서 그 나무에 알맞게 가위질을 능숙하게 해댑니다. 나도 처음부터 나무의 마음을 알았던 것은 아닙니다. 엉뚱한 가지를 잘라 나무를 망친 일도 여러 번 있었으니까요. 그 속마음을 아는 데에 수년이 걸렸습니다. 그런데 나무의 속마음은 잘 알면서도 왜 사람의 마음은 헤아릴 수 없는 걸까요. 싹둑싹둑하는 소리에 맥없이 떨어지는 가지들과 함께 내 마음의 도장지와 잔가지도 잘려나가기를 소망합니다.

이 농장은 60년대 말부터 70년대 초까지 수년에 걸쳐 부모님께서 불모지를 일궈 만들어놓은 것입니다. 농기계가 보급되지 않았던 시절이라 순전히 인력으로 한 것이지요. 따비로 땅을 개간하여 삽과 괭이로 구덩이를 파고 야산에서 주워온 소똥, 말똥으로 퇴비 만들어 나무를 심었습니다.

땅을 일구면서 나온 돌멩이는 바람을 막기 위해 담을 쌓았고, 돌담 옆으로는 방풍수도 심었습니다. 당시 제주 사람들은 바람을 다스리는 돌의 근성을 제대로 이용한 셈이지요. 그때 나는 직장에 다니느라 거들어드리지도 못하고 묘목 값이나 비료를 보태는 정도였습니다. 지금 나는 부모님의 그 고생 덕으로 호강을 누리는데, 무엇 하나 제대로 해드린 일이 없으니 죄송스러울 뿐입니다.

해가 중공中空에 올 무렵이면 아내가 두릅, 부추, 곰취를 뜯어다 나물을 무치고, 마늘장아찌와 멸치젓으로 상추쌈을 하여 점심을 먹습니다. 반주로 지난가을에 담가놓은 오가피주를 한잔 곁들이니 꽃향기에 취하고 술에 취하여 낮잠이 몰려옵니다.

지붕 위의 참새촌에서 갓 태어난 새끼들이 지저귀는 소리가 자장가로 다가옵니다. 그러나 아내는 잠을 이룰 수 없습니다. 얼마 전부터 불면증세가 있더니 지금은 우울증까지 겹쳐 약에 의존하고 지냅니다. 온갖 검사를 하였으나 별다른 병상을 발견할 수 없어 정신과 치료를 받고 있는데, 마음의 병이라고 하더군요. 나 때문인 것 같습니다. 직장생활을 하면서 늘 내 일만을 생각하고 다른 일은 아내에게 맡겨놓아 무관심했는데, 퇴직한 후에도 그 태도가 바뀌지 않으니 실망이 큰 모양입니다.

한잠 자고나서 오후에는 참깨를 심었습니다. 벌써부터 참기름 냄새에 군침이 돕니다. 두릅, 달래, 냉이 같은 야채를 넣고 고추장을 비벼 참기름을 듬뿍 친 양푼 비빔밥이 먹고 싶습니다. 좀 더 있다가 콩, 팥, 녹두도 심을 생각입니다. 그러나 작년에 그랬듯이 꿩과 새들이 농사를 망칠까 걱정도 됩니다.

칼바람을 견뎌낸 매실이 싱그러운 자태를 자아내며 매달려 있고, 감나무도 작은 좌대를 달고 꽃 피울 준비를 하고 있습니다. 감꽃이 지고나면 마지막으로 대추꽃이 피겠지요. 나무는 꽃을 먼저 피우거나 늦게 피우거나 열매의 가치는 다르지 않습니다. 그러기에 나무는 일찍 피운 꽃을 부러워하지 않고, 늦게 핀 꽃을 멸시하지도 않는답니다.

식물들은 왜 꽃을 피울까요. 물론 종족을 번식시키기 위해서라지만, 또 다른 이유는 자신의 존재를 알리기 위한 자기과시라고도 합니다. 우리가 꽃을 좋아하는 것은 식물이 그 꽃을 피우기 위해 온 정성을 다했기 때문일 것입니다. 화려한 꽃은 향기가 덜하고, 향기가 짙은 꽃은 외모가 뛰어나지 않습니다.

나는 꽃보다는 그 향기가 더 좋습니다. 향기가 없는 꽃은 벌들이 찾지 않으니까요. 꽃을 피운다고 모두 열매를 맺는 것은 아니지요. 감귤나무는 꽃의 9할은 열매를 만들어보지도 못한 채 떨어지고, 열매를 맺는다 해도 끝까지 남는 것은 2~3퍼센트에 불과합니다. 더구나 끝까지 매달려 있다고 모두가 상품이 되는 것도 아니랍니다. 비바람과 병충해에 상처를 입거나 너무 크고 작은 것, 모양이 바르지 못한 것은 아무 쓸모가 없는 파치가 됩니다.

우리의 인생도 이와 같지 않을까요. 꽃을 피웠다고 좋아할 일이 아니라 충실한 열매를 몇 개나 남길 수 있을지 고민해야 할 것 같습니다.

날이 저물고 있습니다. 벌들이 하루 일과를 마치고 집으로 돌아가고, 나무들도 몸을 움츠리며 이슬 맞을 준비를 합니다. 까치 한 쌍이 감나무에 앉아 까악까악 사랑을 나누고 있나봅니다. 나도 이제 일을 접어야 할 때가 된 것 같습니다. 감귤꽃이 만발한 이 계절에 그 향기가 아내의 마음에 녹아들어 아내가 건강을 되찾았으면 좋겠습니다. 오늘밤에는 내 옆에서 고이 잠든 아내의 모습을 볼 수 있기를 기원합니다. (2010)

소나무가 떠난 자리

나무를 싫어하는 사람이 있을까마는 나도 나무를 좋아한다. 나무 중에서도 소나무를 특히 좋아한다. 소나무는 때와 장소에 따라 전혀 다른 모습을 보이면서 환경과 잘 어울리는 고고한 자세를 유지한다.

600여 년 동안 살아온 산천단 곰솔들을 대하면 근엄하고 성스러워 저절로 머리가 숙여진다. 정원의 조경수나 분재에서는 타의 추종을 불허하는 예술성도 발휘한다. 외로운 섬에서는 단애에 매달려 모진 해풍에 시달리며 평생을 수행자로 살아간다.

그러나 도심지나 들판에 집단으로 모여 있는 소나무에서는 넉넉하고 인심 좋은 이웃집 아줌마 같은 마음이 들기도 한다.

내가 초등학교 다니던 시절에는 소나무를 매우 귀하게 여겼다. 나무를 함부로 자를 수 없을 뿐만 아니라 가지나 솔잎마저도 채취하지 못하도록 하였다. 그러나 농촌에서는 나무를 몰래 자르고 장작을 만들어 파는 사람들이 많았다. 이를 단속하기 위하여 산감

山監이라 불리는 영림서 직원이 수시로 마을을 순회하며 감시하였다. 산감이 떴다는 소문이 돌면 생나무나 솔가지를 근처 밭 구석으로 옮기거나 보릿짚 등으로 감추기에 바빴다. 걸리면 많은 벌금을 물어야 하기 때문에 걸리지 않으려고 모든 수단을 동원했다.

학교에서 돌아오던 어느 날이었다.

마을에 사는 나이 많은 할머니가 솔잎을 긁어 동그랗게 묶어서 짊어지고 골목으로 접어들고 있었다. 이때 어떤 젊은이가 나타나더니 짐을 내려놓으라고 소리쳤다. 노파는 영문도 모르고 길바닥에 주저앉으며 짐을 풀었다.

젊은이는 솔잎을 긁어 가져가면 벌금을 물거나 감옥에 간다고 엄포를 놓았다. 노파는 한 번만 눈감아 달라 애원했다. 저 멀리 산에 가서 온종일 긁어모아 짊어지고 왔는데, 늙은이의 사정을 봐달라고 울먹였다. 그러는 동안 사람들이 모여들고 그 중 한 분이 나섰다.

"자네, 요 아랫마을 아무개 아닌가? 이웃 사람끼리 좀 봐주게."

모여 서 있던 사람들도 모두 같은 목소리로 사정하였다. 그러자 그 젊은이는 버럭 화를 내며 "당신들 같으면 어떻게 법을 집행하겠소?" 하며 주머니에서 성냥을 꺼내더니 짐 더미에 불을 붙였다. 잘 마른 솔잎은 바람을 타고 금방 불꽃을 하늘로 피워올렸다. 순식간에 일어난 일이었다.

사람들이 "너는 애미 애비도 없느냐?"고 온갖 욕설을 퍼부었지만 그는 태연하게 저만치 걸어가고 있었다.

우리 농장에는 둘레가 한 아름이 넘는 소나무가 있다. 아마도 백 세쯤은 되었으리라. 주변이 암반으로 이루어져서 뿌리가 암석 위를 기어가며 틈새를 찾아 힘겹게 내리고 있다. 바로 옆에는 어머니가 심어놓은 토종 감나무가 소나무의 기세에 눌린 채 사십 년이나 벗을 하고 있다. 나는 그 밑에서 낮잠을 자기도 하고, 앉아서 한라산을 바라보며 명상에 잠기기도 한다.

그런 이곳이 언제부턴가 기도처가 되었다. 아내가 다니던 불교대학 동료들이 매년 여름마다 법회를 연다. 반야심경, 천수경 등을 봉독하는 그들의 표정은 경건하다. 적어도 이 순간만은 순수한 마음으로 부처님 곁에 있게 된다.

나는 법회를 마치고 나무를 바라본다. 나무는 지금 어떤 생각을 하고 있을까. 부처님은 모든 것을 다 버리라고 하신다. 그리고 다 내어주라고 하신다. 그렇다면 이 소나무는 부처의 법리를 철저히 이행하고 있는 것이 아닌가. 새순은 차나 술을 만들고, 솔잎은 떡을 찔 때 향료와 방부제 역할을 하며, 솔가지나 낙엽은 땔감으로 안성맞춤이다. 죽어서는 온몸을 다 바쳐 건축용으로 이용된다. 그뿐이랴. 죽은 뿌리에서는 백복령이라는 약제를 만들어내니 이보다 보시를 잘 지키는 불자가 또 있을까.

그런 소나무가 지난 4월 초하룻날 운명하셨다. 도 전역에 폭풍처럼 몰아친 재선충에 감염되어 대여섯 달을 시름시름 앓아왔다. 나는 그 모습을 보며 다섯 해 전의 아버지 모습을 보는 것 같았다. 아버지는 그만큼오랜 기간 앓아눕지는 않으셨어도 그 모습은 마음이 쓰렸다. 행정관청에서 지정한 업자가 벌목 날을 잡았다. 사전에 영정사진을 찍고 전날에는 간단한 제사도 지내며 지켜드리지 못해 죄송하다고 빌었다.

예정된 날 아침 8시 경 농장에 도착해보니 밭이 텅 비어 있었다. 나는 가슴이 덜컥 내려앉았다. 아버지가 떠나던 날과 똑같은 기분이었다. 전날 아버지를 뵈었을 때는 정신도 멀쩡하고 원기도 있어 보여 안심하고 집에 왔다. 그런데 다음 날 아침 아버지의 운명 소식을 전하는 어머니의 떨리는 목소리에 현기증이 일었다.

아버지는 평생을 자갈길에 수레바퀴 구르듯 사셨다. 세 살 때 할아버지가 돌아가시고 열일곱 되던 해 일본으로 밀항하여 지내다 해방 후 귀국하셨다. 다행히 일본에서 야간 중학교를 다닌 학력으로 초등학교 교사가 되었으나, 십 년을 채우지 못하고 사표를 낸 후 서울 생활 몇 년 만에 빚만 지고 귀향하셨다. 물려받은 땅이 몇 두락 되지 않으니 농사를 지어도 궁핍한 생활은 면할 수 없었다. 나는 그런 아버지를 원망하며 자랐다.

감귤재배 붐이 일자 맨손으로 땅을 일구어 과수원을 만들었다. 먹고살 만하다 할 즈음 눈길에 넘어져 불편한 몸으로 지내다 세상을 뜨셨다.

나는 소나무가 떠난 자리를 보며 아버지를 생각한다.

근래에 와서 수입 목재와 인공 합판 등에 밀려 소나무는 땅이나 지키며 가끔씩 그늘을 내어주는 존재로 전락하였다. 신문명

세대의 도래와 더불어 고령사회로 접어든 우리 사회의 어르신들 또한 이와 같으니 이를 세태 탓으로 돌릴 것인가.

소나무가 떠난 자리를 감나무가 메워가고 있다. 눈에서 멀어지면 마음도 멀어지는 법. 언젠가는 이 모든 것이 잊힐 것이다.

아버지가 보고 싶어진다. 근간 산소에 다녀와야 하겠다. (2015)

나의 영지에서

나는 4천여 평의 영토를 다스리는 영주領主다.

그 영토를 지키기 위하여 외성을 쌓고 안으로 나무를 심어 수비를 단단히 해 놓았다. 이 영역에는 우주자유통행권을 지닌 일월풍우日月風雨를 제외하고는 누구도 들어올 수 없을 뿐만 아니라, 정착은 언감생심 꿈도 꾸지 못할 일이다. 그러니 나는 절대권력자다. 설령, 영주권자라 할지라도 눈에 거슬리면 가차 없이 처단한다. 몇 년 전에도 40년 가까이 평화를 누리며 살아온 감귤나무가 소출이 시원찮아서 절반쯤 추방시켰다. 그 자리에는 감, 복숭아, 매실, 대추, 복분자 등 철따라 먹을 수 있는 과일나무와 곰취, 머위, 두릅, 결명자와 같은 잡동사니들을 새로 이주시켰다. 남는 땅에는 철따라 곡식이나 채소에게 입주를 허락하는데, 여기가 국토방위의 가장 취약한 곳이다.

영주인 나는 영주권을 얻고 살아가는 자들로부터 많은 세금을 거두고 있기 때문에 그들을 보호할 의무가 있다. 그들은 적의 침입을 받으면 그만큼 세금을 감액해서 낸다. 영주권자들은 공평과세의 원칙을 철저히 이행하려 하지만, 영주의 영을 무시하고 무단 침범하는 적들 때문에 전쟁이 그칠 날이 없다. 전쟁은 공중전과 육상전으로 전개된다.

꿩, 까치, 산비둘기와 같은 새들은 씨앗이나 새싹을 훔쳐 먹고, 곡식과 과일이 영글어가면 맛있는 것부터 골라서 쪼아대는 야비한 놈들이다. 허수아비나 반짝이 줄을 메어보지만, 요즘 신세대 새들은 그 정도에 속을 리가 없다. 척후병 서너 마리가 와서 탐색하고 가면 곧이어 소대급으로 달려드니 당해낼 도리가 없다.

공중전에는 고사포로 대응해야 하나 나에게는 그런 병기도 없거니와 그럴 생각도 없다. 오직 때때로 순찰하는 정도로 봐주고 넘어간다.

육상에서는 치열한 전투가 벌어진다. 특히 한여름 장마철에 땅을 뒤덮어버리는 잡초의 세력은 한국전쟁 때 중공군을 방불케 한다. 재래식 무기로 수없이 사살해보지만 인해전술을 쓰니 도리가 없다. 때로는 현대식 병기로 일시에 쳐내기도 하지만 열흘도 못 가서 어느새 더욱 빽빽한 자세로 버티고 서 있다. 아내는 화학무기를 쓰면 될 것을 쓸데없는 고생을 한다며 불만이지만, 나는 가급적 그런 비겁한 무기는 쓰지 않으려 한다. 화학무기는 영주권자들에게 유익한 지렁이나 미생물들도 함께 사살하기 때문이다.

씨앗을 뿌리고 나면 잡초와의 전쟁에 사활을 건다. 그놈들을 제때에 제거하지 않으면 농사를 망치기 일쑤다. 아내는 돈도 안 되는 일을 왜 하느냐고 핀잔을 주지만, 땅을 빈 채로 놔두는 것은 죄를 짓는 것 같아서 무엇이든 심고 있다.

손자병법에 적을 퇴치하려면 먼저 적을 알아야 한다고 했던가. 식물도감을 펴놓고 적들의 생태를 연구했다. 칡, 댕댕이덩굴, 한삼덩굴과 같은 전요성을 지닌 덩굴류는 다른 식물의 몸을 옥죄며 기어올라 햇볕을 가리는 바람에 그 식물을 고사시키고 만다. 그 번식력 또한 대단하여 덩굴이 땅에 닿기만 하면 마디마다 뿌리를 내려 신병을 양성하고, 그 씨앗은 새들이 수 십리 밖까지 운반하여 다른 부대를 창설하도록 지원한다. 적들 중에서 가장 고약하고 퇴치하기 힘든 놈들이다.

한편 쑥, 띠, 고사리, 괭이밥 따위의 숙근류는 군집성이 강하여 타의 침입을 불허한다. 일생 동안 '뭉치면 살고, 헤어지면 죽는다.'는 전략을 구사하는 놈들이다. 물달개비, 쇠비름과 같은 다육질은 가뭄에 견디는 능력이 강하여, 한번 뽑았다고 방치하면 귀신같이 다시 살아난다. 해병대 근성이라고나 할까. 여뀌, 냉이, 비름, 바랭이와 같은 일년생 식물들은 숫자를 무기로 죽자사자 달려드는 보병 같다.

나는 이놈들과 오랜 전쟁을 치르면서 속전속결 전술로는 이길 수 없다는 사실을 알고 있다. 처음에 멋모르고 성급하게 덤볐다가 몸살을 앓은 뒤로는 치밀한 작전계획을 세우고 장기전에 돌입했다. 세력이 강한 넝쿨부터 제거하고, 차례로 다년생, 다육질, 키가 큰 놈 순으로 작전을 수행하다 보니 그들의 개체수가 점차 줄어들었다. 여기까지 수년이 걸렸다.

나는 이 혹독한 전쟁의 원인이 직장생활을 하면서 영토관리를 소홀히 하여 적을 키운 데 있음을 잘 안다. 그로 인하여 많은 영주권자들에게 큰 고통을 안겨준 것을 후회하고 있다. 그렇게 방종한 관리를 했으면서도 으스대며 영주 행세를 했으니 속으로 비웃는 자들도 적지 않았으리라. 퇴직하고 나서 영주하는 자들과 자주 만나다 보니 그들의 겉모습만 보아도 어디가 아픈지, 무엇이 필요한지를 금세 알 수 있다. 그들이 건강하게 자라면 내가 즐겁고 병이 들면 나도 괴로운 것쯤은 삼척동자도 다 안다. 이제야 그 사실을 알고 영주의 역할을 조금씩 강화해 나가고 있는 중이다.

나는 내 영토에 무단 침입한 적들과 오랜 세월 전투를 벌여왔지만 한 번도 완승을 거둔 적은 없다. 오히려 늘 패한 쪽은 나였다. 격전을 벌이던 여름이 가고 찬바람이 불면 전쟁은 소강상태로 접어든다. 나는 휴전을 바라지만 그들 생애에 휴전이란 없는 모양이다. 그래서 나는 이들과 때때로 타협하기도 한다. 내 영토에서 거주하고 있는 자들에게 큰 방해가 되지 않는 한 공생하는 것을 허용한다. 그러면 그들도 땅의 습기를 유지시켜 지렁이와 유효미생물을 보호해준다. 아마도 세상에는 영원한 적도 영원한 친구도 없다는 말이 맞는 듯하다.

애초에 잡초가 아닌 식물이 어디 있었던가. 수천, 수만 가지 식물 중에서 사람의 기호에 맞는 것은 우대하고, 그렇지 못한 것들은 거세해온 것이 사실이다. 오로지 사람의 기준에서 편가르기를 해온 셈이다. 짐승이나 새들의 입장에서 보면 이들 모두가 귀한 존재임에 틀림없다. 또 누가 아는가. 어느 날 어떤 잡초가 귀한 몸으로 대접받을 날이 올는지.

가을이 되어 담벼락에 걸터앉은 호박이며 감귤나무 가지마다 매달려 있는 노란 과일들, 그리고 알알이 익어가는 곡식들을 보고 있으면 온 우주를 내 안에 품은 것 같다. 그래서 나는 이 영주의 자리가 좋지만 이 자리를 얼마나 더 지킬 수 있을지는 모르겠다. 양위하려 해도 후계자가 이어받기를 거부하니 그 또한 쉽지 않다.

주먹만한 새들조차 알아주지 않는 영주의 자리에서 오늘도 나는 위안과 고민을 거듭한다. (2011)

뻐꾸기 우는 뜻은

나는 해마다 봄이 되면 뻐꾸기 소리를 기다린다.

녀석들은 이런 내 마음을 아는지 모르는지 5월쯤 되어야 우리 농장 위를 오가며 신호를 보낸다. 내가 이놈들을 기다리는 이유는 몸집에 비해서 목소리가 우렁차기도 하지만, 이들이 울어대면 농사지을 때가 되었기 때문이다.

우리 선조들은 그 목소리에 따라 그 해의 흉풍凶豊을 예견하였다. 그들의 목소리가 힘없이 '죽국 죽국' 하면 흉년이 들고, 힘차게 '떡국 떡국' 하면 풍년이 든다고 믿었다. 나는 요 며칠을 두고 그 소리를 분석하는 데에 몰두하였다. 고심 끝에 내린 결론은 '떡국'이었다. 아무래도 여느 해보다도 크고 또렷한 목소리로 들렸다.

올해는 풍년이 들 것이라는 확신과 함께 나에게도 좋은 일이 생길 것만 같았다. 더욱이 금년 정월 초하룻날 한라산 정상에 올라 몇 년 만에 한 번 볼까 말까한 화창한 기운을 받고 오지 않았던가.

참깨도 심고 콩도 제법 많이 심었다. 수확하면 친지들에게 한

됫박씩 나눠줄 생각을 하면서.

얼마 전부터 속이 거북하고 소화가 안 되어 늘 다니던 병원에서 내시경 검사를 받았다. 검사 결과는 충격적이었다.

"대장암입니다." 하고 너무도 쉽게 내뱉는 의사의 말에 나는 배신감을 느꼈다. 의사에 대한 배신감과 나 자신에 대한 배신감이 동시에 몰려왔다. 대장 검사는 3년에 한 번 하면 되는 것으로 알고 있었는데, 검사한 지 일 년도 채 안돼서 암이라니 믿을 수 없었다.

아내는 큰 충격을 받은 듯 서울의 전문병원에서 수술을 해야 한다며 병원을 수소문하고 다녔다. 소문은 삽시간에 퍼져 만나는 사람마다 용기를 내라며 중환자 취급하는 바람에 난처한 입장이 되고 말았다.

나는 병에 대한 두려움은 없었으나 자괴심 같은 것이 나를 괴롭혔다. 방송에서나 듣던 남의 일처럼만 여기던 일이 나에게 닥치다니 가족들에게 죄를 지은 것만 같았다. 몸의 일부를 도려내는 것은 '부모로부터 물려받은 머리털 하나라도 훼손시키지 말라 身體髮膚 受之父母 不敢毁傷'는 논어의 구절이 생각나서 더욱 나를 주눅들게 하였다. 아내를 비롯한 가족들의 걱정은 매우 컸다. 그 중에서도 아흔이 넘으신 어머니가 알게 되어 안심시키느라 애를 먹었다.

수소문 끝에 서울의 A병원에서 재검사를 받고 한 달 뒤에 수술

날짜를 잡았다. 검사 받느라 녹초가 된 몸과 마음을 다독일 겸 해서 오랜만에 농장에 들렀다. 뻐꾸기는 여전히 낭랑한 목소리로 울어댄다. 그러나 밭을 푸르게 덮여 있어야 할 콩은 하나도 보이지 않고 잡초들만 그 자리를 차지하고 있었다. 내가 없는 사이에 꿩과 새들이 모두 먹어치웠던 것이다. 참깨도 잡초에 눌려 그 세력을 완전히 잃고 말았다.

그날은 아침부터 온종일 비가 내렸다. 입원실 창 너머로 보이는 한강은 작은 빗방울에 몸을 적시며 흘러가고, 다리 위로는 자동차들이 물결 따라 흐르고 있었다. 그 모습이 쓸쓸해 보였다. 어디로 가는 것일까. 우리도 저 강물 속의 모래알처럼 떠밀려 가는 것, 바로 코앞에 무엇이 있는지조차 알지 못하면서 저리도 열심히 흐르는 것이 인생이던가.

오후 네 시쯤 되어 침대에 뉘인 채 어디론가 끌려갔다. 커다란 선풍기를 매단 것처럼 생긴 장비들이 꽉 차 있는 방이었다. 조수인 듯한 세 사람이 내 팔을 침대에 묶고 '마취 들어갑니다' 했다. 나는 얼굴에 따끔함을 느낀 후로 깊은 잠에 빠졌다.

소란스러워 눈을 떴을 때는 어느새 침대가 방을 빠져나가고 있었다. 나는 배의 통증과 온몸이 얼어붙은 듯한 추위 때문에 정신을 차릴 수 없었다. 어느 방문을 열고 들어서는 순간 뻐꾸기 소리와 환자들의 신음소리가 뒤엉켜 시끄러웠다. 간호사들은 나에게 진통제를 주사하고 담요로 몸을 감싸주었다.

나는 문득 고된 훈련을 마치고 부대 배치를 기다리던 보충대가 떠올랐다. 운명의 갈림길, 불가에서는 업業의 경계라 했던가. 이제부터 각자 배치된 부대에서 전투를 벌여야 한다.

잠시 잠이 들었나 보다. 얼었던 몸이 풀리고 통증도 조금 가라앉아 사방을 둘러보니 예배당 종소리가 대앵댕 울리고 있었다. 그 소리는 수십 대의 컴퓨터와 각종 측정기들이 내는 것이었다.

그렇다면 나를 따라온 그 뻐꾸기는 어디로 갔을까?

2인실에서 5인실로 병실을 옮겼다. 그곳에는 몇 년 전에 간과 폐를 수술하고 이번이 세 번째로 대장 수술을 한 사람과, 작년에 간을 수술하고 산골에 머물며 요양 중에 대장 수술을 받은 분이 있었다. 나와 같은 날 수술했다는 환자는 수술자리가 터져 옆구리에 대변 주머니를 달고 있고, 또 한 분은 고혈압과 당뇨 때문에 약을 가려서 처방하고 있었다.

나는 그들과 같은 병실에 있으면서 많은 생각을 하게 되었다. 내가 지금 여기 있는 것은 몸을 돌보며 더 오래 건강하게 살라는 신의 명령인 듯싶었다.

『무소유』를 읽는다. 집에서 읽을 때와는 영 다른 느낌이다. 내 몸 하나도 지키지 못하면서 무엇을 소유하겠다는 말인가. 이 세상에 영원히 소유할 수 있는 것은 아무것도 없다는 것을 알았다. 지나온 날과 앞으로 지낼 날들을 곰곰이 생각해본다. 지난 일이 후회도 많지만, 가진 것이 별로 없으니 미련도 없다.

나는 이번 일로 확실히 깨달은 것이 있다. 가족의 힘이다. 병실에 누워 있는 동안 가족의 그 힘은 백가지 약보다 낫다는 사실을 실감했다. 건강한 가족이 곁에 있다는 것만으로도 감사하며 살 일이다.

이제부터 나는 남의 자리를 차지하고 있는 잡초를 뽑아내고 튼실한 곡식을 키워가련다.

나는 전생에 뻐꾸기가 아니었을까 하는 생각이 든다. 그래서 그놈은 나에게 몸조심하라고 목청 높여 소리쳤을 것이리라.

내년 봄 곽공의 우렁찬 목소리가 기다려진다. (2012)

참새촌의 작은 음악회

언제부턴가 우리 농장의 닭장에는 참새들이 숙식을 같이 하고 있다. 그 숫자가 백 마리는 더 될 것 같다. 나는 이 녀석들이 배고플 때만 와서 사료를 먹고 떠나는 줄 알았는데, 날이 어두워지자 몰려들어 옆에 쳐놓은 철망에 매달려 숙박까지 하는 모양이다.

'새' 하면 먼저 떠오르는 것이 참새가 아닌가 한다. 참새는 사람 가까이에서 함께 어울려 사는 가장 서민적인 새인 듯싶다. 체구는 작지만 다부진 몸매에 땀과 흙에 절은 농부의 작업복 색깔을 닮은 깃털 덕분에, 땅에 앉아 있으면 돌멩이인지 새인지 분간하기도 쉽지 않다.

노래 소리는 또 어떤가. 새 소리라고는 믿기지 않을 만큼 음치다. 고저장단 없이 그저 짹, 짹 하는 소리가 '나 벙어리 아니요' 하는 면피용처럼 들린다. 그러나 그 단음이 밉지가 않다. 오히려 기교가 없어 순박한 농민이 소를 몰 때 내는 혓소리와 비슷하다. 아무리 음치 같은 노래라고는 하나 잘 들어보면 조금씩 다른 데가 있다. 제 친구들을 찾거나, 외부 침입자를 경계해야 할 때는 고개를 높이 들고 톤을 높여 '짹, 짹' 하고 힘차게 외쳐댄다. 여럿이 함께 놀 적에는 '째재재잭' 하는 식으로 템포를 빠르게 하여 합창하고, 수놈이 암컷을 유혹할 때는 톤을 약간 낮게 깔아 '쩍, 쩍쩍' 하다가 '째재잭' 하면서 폼을 잡고 꼬리를 살랑댄다. 부지런함도 농부의 근성을 닮아서 낮잠을 자거나 한 곳에서 오래 머무는 법이 없다.

우리나라에서 참새가 사는 곳은 본디 시골 초가지붕의 처마였으나, 사람들이 슬레이트와 콘크리트로 지붕을 덮는 바람에 숲속으로 쫓겨나 노숙하는 신세가 되어버렸다.

그런데 나는 수년 전 파리에서 2주 정도 머물게 되었는데, 시내 어디서나 참새를 많이 볼 수 있어서 의아스러웠다. 공원이나 레스토랑 주변에서 사람들이 빵이나 과자 부스러기 등을 던져주면, 발밑에까지 다가와서 두려움 없이 받아먹곤 하였다.

며칠을 지내는 동안 나는 파리의 참새가 우리나라의 새와는 다르다는 것을 알게 되었다. 눈동자도 초롱초롱하지 못하고 몸놀림도 생기가 없어 보였다. 더구나 떼를 지어 하늘을 나는 참새들을 한 번도 보지 못했다. 한낮인데도 공원 한 모퉁이의 화단에 촘촘히 심은 관목 사이에 머리를 처박은 채 졸고 있는 놈들이 눈에 띄었다. 해가 지자 새들은 수벽으로 심어놓은 사철나무나 꽝꽝나무 같은 작은 숲으로 숨어들어 긴 밤을 지새우는 것이었다. 그 순간, 언젠가 TV에서 본 아프리카의 어느 난민의 모습이 떠올랐다. 문화와 예술의 도시인 파리의 참새들이 아프리카의 난민을 닮아가고 있다는 느낌이 들었다.

파리에 사는 참새들은 왜 빵과 과자 부스러기로 연명하면서도 도심을 떠나지 못하는 걸까. 여기를 조금만 벗어나면 넓은 초원과 들판이 있는데, 굳이 도심을 배회하는 새들의 본심이 무엇일까 궁금했다. 인간의 정이 그리운 것일까. 이 새들에게도 몽마르뜨 언덕과 같은 참새언덕이 있었으면 좋겠다는 생각이 들었다. 그러면 이 도시가 더 아름다울 수 있으련만.

초등학교 2학년 때쯤으로 기억된다. 하루는 내가 새총을 만들고 있었는데, 동네에서 재담이 좋기로 소문난 J아저씨가 참새를 쉽게 잡는 방법을 일러주겠다고 나섰다. 햇빛이 강하게 비치는 날 칡넝쿨을 걷어다 마당에 널어놓고 그 잎사귀 위에 좁쌀을 뿌려두면, 참새가 좁쌀을 먹고 있는 동안 칡잎이 참새를 똘똘 말아 사로잡을 수 있다는 것이다. 칡잎이 햇볕에 쉽게 말리는 성질을 이용하자는 것이었다. 나는 기발한 방법이라 생각되어 저녁때 부모님께 J아저씨 얘기를 했더니, 칭찬 대신 '노력 없이 이룰 수 있는 일이란 없다'는 요지의 훈계를 들어야 했다.

우리 농장에는 10여 년 전에 지은 슬레이트 창고가 있다. 그 주변에는 버려진 감귤이며 감, 해바라기, 참깨 쭉정이 같은 먹을거리가 많아 참새, 산비둘기, 직박구리, 동박새, 까치와 이름 모른 새들로 늘 소란스럽다.

지난 해 4월. 농장 일을 하다 창고에서 쉬고 있었는데 천장에서 쥐가 무엇인가를 갉아대는 소리가 들렸다. 그 소음이 거슬려 막대기로 천정을 툭툭 치면 잠깐동안 조용했다가 또 다시 사각거렸다. 부아가 치밀어 창고 바닥에 쥐가 잘 다닐 듯한 길목에 '끈끈이'를 놓아두었더니 두 마리가 붙었다. 이제 조용할 줄 알았는데, 사각거리는 소리가 그치지 않아 끈끈이를 옮겨가면서 놓았으나 허탕이었다.

연두색 감잎이 녹색으로 변해갈 무렵, 참새 대여섯 마리가 지붕 위에서 놀고 있었다. 그 중에서 벌레를 입에 문 새 한 마리가 서까래 틈 사이로 들어가자 그 속에서 짹짹거리는 소리가 들렸다. 사다리를 타고 올라가 손전등을 비춰보니, 참새가 슬레이트 밑에 깔아 놓은 스티로폼을 쪼아내고 둥지를 만들어 네댓 마리의 새끼를 키우고 있었다. 사람은 착각 속에서 후회하며 산다지만, 새가 집 짓는 소리를 쥐가 서까래를 갉아대는 소리로 잘못 판단하여 엉뚱한 일을 저질렀던 것이다.

사각사각 톡톡톡. 올해는 여기저기서 사각거리는 소리가 들린다. 새들은 이곳에 집을 짓기 위해 10년을 기다렸는지도 모른다. 새들은 환경이 나쁜 곳에서는 새끼들을 키우지 않는 습성을 가지고 있기 때문이다.

머지않아 농장 한 모퉁이의 창고가 온통 참새촌이 될 성싶다. 나는 바로 옆 경사진 공터에 건들막(햇빛이나 비를 가릴 수 있을 정도의 엉성한 집)을 짓고 살면서, '몽마르뜨 언덕'의 화가처럼 인생의 남은 시간을 그림을 그리며 보내고 싶다. 아침이면 참새들이 깨우는 소리에 일어나 목마른 녀석들에게 물을 먹이고, 저녁에는 허기진 배를 채워주면서 저들의 노래를 배울 수 있으면 좋겠다.

참새들이 노래를 합창한다. 언제 왔는지 동박새, 직박구리, 까치도 끼어들어 노래를 한다. 하늘에는 뻐꾸기가 날아가며 화음을 맞추고, 지나가던 마파람도 잠시 숨을 멈춘다. 새鳥 마을의 작은 음악회가 열리고 있는 모양이다. 세 살바기 어린애 만큼만이라도 내가 저들의 소리를 이해할 수 있다면 얼마나 좋을까.

이따금 떼로 몰려와 시끄럽게 조잘대는 저 합창 속에 신의 메시지가 들어 있는 것은 아닐는지. 저희들끼리만 무슨 신호인가를 정겹게 주고받다가 어디론가 떼를 지어 날아가버리는 새들의 언어에 잠시 혼을 빼앗겼다.

나는 갑자기 찾아든 적막 속에서, 언젠가는 참새들의 언어에 능통하여 저들의 음악회에 초대받고 싶다는 소망을 가져본다. (2007)

장기

내가 어렸을 적의 여름철에는 마을 사람들이 정자나무 밑에 모여 놀았다. 당시에는 정자나무가 피서지며 정보의 장소이고 놀이터였다. 놀이라고 해봐야 여름에 할 수 있는 것은 장기가 유일한 오락이었다. 지금도 경로당이나 공원 같은 곳에서 장기 두는 사람들을 만날 수 있으나, 아무래도 정자나무 아래의 그 정겨움은 느끼지 못한다.

장기가 언제부터 시작되었는지는 잘 모르지만 한나라와 초나라의 전쟁을 묘사한 것을 보면 꽤 오래된 것 같다. 그런데 중국 사람들이 왜 하필이면 한나라와 초나라의 전쟁을 그들의 오락기구로 만들어, 온 백성이 전쟁놀이를 하도록 하였을까. 중국 역사상 이보다 더 치열한 전쟁이 없었기에, 또는 이보다 더 우수한 병법이 없었기에 이를 귀감으로 삼기 위하여 만든 것일까?

장기는 맨 앞줄에 사와 졸이 있고(지금도 우리나라 군대에서는 간부가 아닌 일반 군인을 사병 또는 졸병이라고 부른다) 그 뒷줄에는 양쪽에 대포가 포진해 있으며, 맨 뒤에는 말과 코끼리와 마차가 가운데 궁을 호위하면서 공격 명령을 기다리고 있다. 물론 궁 옆에는 호위무사 두 명이 밀착 경호를 맡고 있다. 이 군사들 중 맨 앞의 보병은 한 칸밖에 갈 수 없으며, 절대로 후퇴할 수 없게 하여 최전선에서 총알받이로 이용한다. 뒤쪽의 대포는 잘 안 보이는 능선 너머의 요새 공격용이다. 말은 기마병으로 두 줄을 달리는데 지름길을 택하여 비스듬히 가며, 마차는 앞에 장애물이 없으면 아무 데나 달릴 수 있는 가장 빠른 병기 중의 하나다.

그런데 코끼리는 세 칸을 건널 수 있도록 하였는데, 그 큰 몸집과 어울리지 않게 멀리 뛰는 것이 이해가 안 된다. 게다가 음양오행의 근본인 천간지지天干地支에도 없는 동물을 전쟁놀이에 사용한 것은 더더욱 그렇다. 미루어 보건대, 장기를 처음 만든 사람이 인도 사람일 것이라고 하는 설이 맞는 것 같다. 인도에서는 코끼리가 잔재주가 많고, 짐을 운반하는 동물로 신성시하고 있는 것으로 보아서 설득력을 갖는다.

나는 얼마 전에 베트남을 여행할 기회가 있었는데, 그 곳에서도 우리나라와 똑같은 장기놀이를 즐기고 있다는 사실을 알게 되었다. 그러나 두는 방식은 조금 달랐다. 코끼리는 두 칸을 직선으로 가되, 중앙선을 넘지 못하고 후방에서만 방어할 수 있어, 군수물자를 운반하는 데 이용하였다는 사실을 반증하는 것이 아닌가. 대포도 마차처럼 아무 데나 이동할 수 있지만, 공격할 때는 은신

처에 숨어서 하며, 상대방 대포도 요격할 수 있다. 매우 현실적인 전술인 것 같다.

인도와 중국, 한국, 일본은 장기에 사용되는 병기와 두는 방식이 조금씩 다르다. 여러 나라를 거치면서 그 나라에 알맞게 변형되었을 것이다.

장기 두는 법은 매우 간단하지만, 그 묘수는 무궁무진하여 어느 병기를 어떻게 사용하느냐에 따라서 승패가 갈린다. 보통 사람들은 졸과 상을 가볍게 여겨 쉽게 전사시켜버리지만, 고수일수록 졸과 상을 잘 활용하여 결국에는 졸이 궁을 점령하여 최후의 승리자가 되도록 한다. 훌륭한 장수는 보잘것없어 보이는 병사의 힘이 얼마나 강하다는 것을 잘 알고 있기 때문이다.

바둑은 고고한 자세로 정좌하여 숨소리 하나 없이 온통 바둑알에만 집중하는 신선놀이라고 한다면, 장기는 여러 사람이 빙 둘러앉아 소리를 지르며 시끌벅적한 일반 서민층의 놀이라고 볼 수 있다.

장기 알을 들고 장기판을 탁 치면서 "장이야!" 하고 소리치면, 상대방에서는 "멍이야!" 하면서 궁을 피하거나 병사로 하여금 방어한다. 공격하는 쪽도 수비하는 쪽도 모두 당당하다.

장기를 두고 있는 사람보다는 옆에서 보는 사람이 훨씬 수가 잘 보인다. 둘러앉은 사람들이 양편으로 나뉘어 서로 훈수를 하게 되는데, 막걸리 내기라도 할라치면, 옆에서 지켜보고만 있으려니 답답하고 입이 간지러워 성질 급한 사람이 불쑥 한마디씩

던지곤 한다. 장기는 뺨을 맞아가면서 훈수를 둔다고 한다. 때로는 훈수하는 사람들끼리 서로 자기 수가 옳다고 다투기도 하고, 훈수를 잘못하여 장기판을 망치는 일도 있다.

장기를 둘 때는 기본으로 세 수는 앞서 봐야 한다. 내가 이렇게 말을 움직이면 상대방은 어떻게 할 것이며, 그 다음 나는 또 어떻게 대처하겠다고 하는 계산을 늘 가지고 있어야 한다.

상대방을 공격하는 데에만 몰두하여 자기 방어를 허술히 하였다가는 단 한 번의 공격에 무너지는 경우도 있다. 이것을 장기에서는 외통수라고 한다. 장기판 전체를 보지 않고 한 쪽에만 집착하다 보면 이런 낭패를 당하기 일쑤다. 이럴 때 사람들은 제발 한 수만 물러 달라고 애원한다.

장기 두는 태도를 보면 그 사람의 품성을 가늠할 수 있다. 수를 꼼꼼히 살펴가며 느릿느릿 두는 사람, 상대방의 혼을 빼놓으며 급하게 몰아치는 사람, 시선을 다른 데로 돌려 꼼수를 두는 사람, 훈수를 잘 받아들이는 사람, 아무리 좋은 수라도 절대로 받아들이지 않은 사람 등등.

우리도 장기판처럼 얽힌 사회 속에서 많은 일들을 장기 알처럼 벌여놓고, 수많은 장애를 극복하면서 목표를 향하여 한걸음씩 나아가는 것이 세상살이가 아니던가. 인간은 각자 자기의 삶의 공간에서 장기를 두고 있는 것이다. 장기에도 묘수가 있듯이 삶에도 창의적인 아이디어가 필요한 세상이다.

때로는 혹시 외통수 장기를 두고 있는 것은 아닌지 뒤돌아보는 여유도 필요할 것 같다. 장기의 외통수는 무를 수 있지만, 인생의 외통수는 무를 수 없다.

그래서 옛 시골의 정자나무 밑은 장기를 통해 인생의 안목을 넓혀주는 학교요, 신명을 북돋아주는 놀이터요, 삶의 지혜를 터득하는 수행장이었다.

그 시끌벅적하던 시골 풍경이 간절히 그리워지는 8월의 저녁이다. (2006)

꼬꼬댁 풍경

오랜만에 닭 우는 소리에 잠이 깨었다.

농장에 비닐하우스 집을 짓고 처음 자던 날, 초여름의 아침은 빠르게 다가온다. 밖으로 나오니 초롱초롱한 별들은 예와 다름없이 나를 맞이한다.

내가 어렸을 적에는 시계 있는 집이 매우 드물었다. 당시에는 해와 달과 별의 움직임을 보고 시각을 짐작했다.

그러나 새벽에는 수탉 울음으로 날이 밝는 것을 알았다. 대체로 동이 틀 무렵인 네 시쯤이면 어김없이 닭울음 소리가 들렸다. 농부들은 이 소리를 듣고 일어나, 아침밥을 짓고 가축에게 먹이를 주며 밭에 나갈 준비를 한다. 나도 이때 잠에서 깨어 마당으로 나서면, 상큼한 공기와 금방이라도 달려올 듯한 별들의 모습에 활력을 얻었다.

동네는 수탉들의 노랫소리로 화음을 맞추고, 초가집 굴뚝에서 피어오르는 연기는 서쪽으로 막 넘어가려는 조각달을 향해 손을 흔든다. 저 건너편 골목에서 간간이 들려오는 멍멍이 소리. 더구나 어느 아침, 생각지도 않았던 눈이 내려 온 세상을 하얗게 뒤덮은 날이면, 내 마음도 함박눈이 되어 하늘로 날아간다.

닭들은 쉼 없이 노래를 부른다. 어느 놈이 먼저 시작했는지는 알 수 없지만 옆집과 옆집을 이어가며 온 동네로 전파한다. 고요한 새벽에 울리는 고음의 다중 합창곡, 나는 그 소리가 참 좋았다.

나는 농장에 닭을 키우기로 작정했다. 지난날의 향수도 있지만, 점차 줄어드는 사람들과의 인연을 대신 채워보려는 마음도 작용했다. 뿐만 아니라 닭은 다산의 상징이며 매우 근면하고 탐구정신이 강한 동물이다.

잠든 영혼을 깨워주고, 알을 낳고 고고지성을 내는 것도 닭이 유일하다. 예로부터 닭은 천신과 지신에게 인간의 소식을 전하는 전령으로 여겨, 결혼식과 장례식에 이용해왔다.

때마침 지인으로부터 사정이 생겼으니 기르는 닭 여섯 마리를 가져가라는 연락을 받았다. 급한 대로 감귤 하우스 한구석에 철망을 두르고 닭들을 이주시켰다. 후에 토종닭을 더 들여와 닭식구는 열 마리가 더 되었다.

그곳에는 참새와 서생원과 들비둘기도 들락거리며 함께 생활했다. 그들은 식사시간을 따로 정해서 다른 가족을 방해하지 않는다. 그런데 그렇게 삼 년쯤 되던 어느 날 밤, 꼬꼬댁 가족은 족제비의 습격을 받고 몰살당하고 말았다.

두어 해가 지나자 또 대여섯 마리를 구입하여 키워오다가 일

년여 후에 또다시 모두 살해되었다. 이제 포기하려 했다.

그러나 미련을 버리지 못해서 이번에는 제대로 된 집을 짓기로 마음먹었다. 사람 발길이 잦은 곳에 둘레는 홈을 파서 돌을 깔고 옆면은 매끄럽고 단단한 PVC로 된 패널로 벽을 만들어 위에는 철망으로 덮었다. 이만하면 외부로부터의 침입을 막을 수 있는 열 평 정도의 안전지대가 확보된 셈이었다. 조그만 문패도 달았다.

呱呱宅(GoGo-House).

오일시장에서 성계에 가까운 토종닭 수놈 한 마리와 암놈 다섯 마리를 구입하여 입주시켰다. 한 달여 지나니 암놈들은 알을 낳고 수놈은 때맞춰 목소리를 높이며 자기 구역임을 과시하기 시작했다.

토종닭이 알을 품은 지 21일 만에 병아리 여덟 마리를 깠다.

손주가 태어난 것처럼 반가웠다. 녀석들을 보고 있으면 손주 생각이 나고, 동심으로 돌아가 마냥 행복해진다.

어미는 병아리들을 데리고 먹이를 찾아 땅을 긁어대며 돌아다닌다. 조그만 먹잇감이라도 발견하면 새끼들을 불러들인다. 아무리 맛있는 먹이라도 새끼들이 먹다 남기지 않으면 어미는 먹지 않는다. 뿐만 아니라 외부로부터 위험 징조가 보이면 얼른 숨으라고 위험 신호를 보내고, 침입자가 접근하면 날개를 쫙 펴서 깃털을 빳빳하게 세우고 사력을 다해 퇴치한다.

그러나 어미는 병아리가 어느 정도 자라게 되면 냉정하게 떼어낸다. 그 시기가 되면 며칠 동안은 부르지도 않고 무심하게 지내다가 어느 날 갑자기 가까이 오면 쪼아서 쫓아버린다. 다 컸으니 독립해서 살아가라는 뜻이다.

그때부터 녀석들은 서로 경쟁을 하게 되고, 자연스럽게 서열이 결정된다. 이들은 아직까지 어미닭 품속에서 같이 자랐던 감정이 남아 있어서 암수 구분 없이 약간의 힘 자랑 정도로 지낸다.

그들이 더 자라면 수놈은 목청을 높여 노래 부르고, 암놈은 알을 낳을 준비를 하면서 생활태도가 달라진다. 암놈은 어릴 적 서열을 그대로 유지하지만, 수놈들은 대장 근성이 있어 틈만 있으면 사투를 벌여 서열이 바뀌기도 한다.

서열 1위인 대장은 암탉들 옆에서 날개를 길게 내려 깔고 폼을 잡아 빙글 돌면서 애정 표현을 한다. 이때 다른 수놈들은 멀찌감치 떨어져서 부러운 듯 멀쩡히 쳐다보고 있다. 만약 가까이 접근하다가는 대장에게 된통 얻어터진다. 오직 여자만큼은 절대로 양보할 수 없는 것이 이들의 불문율이다.

그러나 다른 수탉들에게도 가끔씩 기회는 온다. 대장이 암탉들과 멀리 떨어져 놀고 있을 때, 군집에서 이탈한 암탉이 접근해 오면 잽싸게 낚아채서 일을 끝낸다. 이를 눈치 챈 대장이 달려와 보지만 때는 이미 늦었다.

대장이라고 마냥 좋은 일만 있는 것은 아니다. 가족들을 먹이고 보호할 책무가 있다. 먹이를 발견하면 가족들을 불러 먼저 먹이고, 외적이 나타나면 목숨 걸고 방어한다. 이것이 수컷의 본능이다.

나는 이들에게서 자연의 이치를 일깨우며, 날마다 생명을 유지할 영양을 공급 받는다. 이들은 나의 영원한 가족이며, 도반道伴이다.

해는 서산을 넘어가려는데, 저녁 시간을 알리는 수탉 소리는 요란하다.

오늘도 텔레비전에서는 여성 출연자들이 남편 흉을 보느라 열을 올리고 있다. (2017)

땅과 하늘 사이에서

나는 지면보다 조금 높은 곳에서 지낼 때가 종종 있다. 비닐로 씌워진 그 철골 지붕은 햇빛이 반사되어 강한 열기와 자외선을 내뿜는다. 지붕 사이사이에는 30센티미터 물받이가 설치되어 걸어 다닐 수 있는 공간이 있다. 1,000평 쯤 되는 이 불안정한 공간 안에는 감귤나무가 보호 받으며 살아간다. 이 시설은 겨울철 추운 바람을 막는 게 주된 임무지만, 비를 가려 당도를 높이는 역할도 한다.

그러나 이 가설물은 늘 불안하다. 태풍은 물론이고 조금 센 강풍만 불어도 넘어지거나, 비닐이 찢어지곤 한다. 그래서 항상 이상 유무를 살피고 보완작업을 철저히 해야 한다. 이런 일을 해온 지도 올해로 벌써 열아홉 해가 되었다.

그러는 동안 나는 상당한 기술을 개발하여 습득하게 되었다. 보수에 필요한 장비를 갖추어 낡은 볼트나 와이어를 교체하고, 헌 비닐을 철거하여 새 비닐을 씌우는 일도 혼자 할 수 있게 됐다.

세월이 흐르면서 시설물이 녹슬고 삭아 부서지는 경우가 많아서 일거리는 점점 늘어난다. 반면에 체력은 약해져서 조금만 일을 해도 팔다리가 쑤시고 더구나 지붕 위에 올라 작업할 때는 다리가 부르르 떨린다. 그러나 어쩌랴. 상황이 발생할 때마다 바로 조치해야 하나 쉽게 사람을 구할 수가 없고, 설사 사람을 구한다 해도 인건비가 만만치 않다.

지난해 봄부터 비닐이 태풍에 잘 견디도록 지붕 시설을 보완하는 작업을 해오고 있다. 재료를 구입해놓고 조금씩 작업을 하던 여름 어느 날, 하우스 맨 끝 물받이를 밟다가 미끄러져 아래로 떨어지는 사고를 당했다. 그곳에는 밭담이 무너져 쌓여 있었다. 숨쉬기가 힘들어 그 자리에 한동안 웅크려 앉아 있다가 정신을 가다듬어 일어나려니 무릎이 아프고 옆구리가 쑤셔왔다. 아픈 곳을 만져보니 상처도 없고 뼈에 이상이 있는 것 같지는 않아 방으로 가서 드러누웠다.

한잠 자고 나서 살펴보니 양 무릎은 시퍼렇게 멍이 들었고, 왼쪽 옆구리는 약간 붉은빛을 띠며 누르면 아팠다. 나는 피곤하다는 핑계로 참깨밭에서 김을 매는 아내를 일으켜 일찍 집으로 돌아왔다.

비닐하우스 위에서 일을 하다 쉴 때 사방을 둘러보면 마을 전경이 풍경화처럼 고요하다. 전처럼 닭 우는 소리도 개 짖는 소리도 들리지 않는다. 내가 어릴 적 살던 집은 사라진 지 이미 오래다. 마을이 늙어가고 있다.

다행히 서남쪽 외딴 곳에는 새로운 집들이 몇 채 생겨났다. 외지에서 온 사람들일 게다. 마을 밖 한길에는 자동차가 질주하고, 머리 위로는 착륙하려는 비행기가 연거푸 지나는데, 저 멀리 바다에는 배들이 한가롭다.

내가 이 공간에서 일을 해오는 동안 확실히 느낀 것이 있다. 그것은 사람은 땅에서 멀리 떨어질수록 불안하다는 사실이다. 같은 땅에 있더라도 서 있는 것보다 앉아 있는 것이 안전하고 드러누우면 더 편안하다.

예로부터 '땅은 어머니요 하늘은 아버지'라 부르는 이유를 알 것 같다. 하늘은 공기와 물과 열을 내려 생명을 잉태하지만, 땅은 그 생명을 유지하는 영양분을 제공하고 육체를 품어준다.

아버지는 때로는 자식들에게 화를 내고 회초리를 들기도 하지만, 어머니는 그런 자식들을 위로하며 안아준다. 아버지는 밖에서 돌아다니지만, 어머니는 집안에서 식구들의 먹을거리와 입을거리, 잠자리를 챙긴다.

사람이 태어날 때 어머니 자궁에서 나오듯, 죽으면 다시 어머니 품속으로 돌아가는 것이다. 태어날 때 하늘이 내렸던 혼은 죽으면 하늘로 불러들여 별이 된다. 그러니 혼魂의 주인은 하늘이요, 백魄의 주인은 땅이다.

나는 이 쇠파이프로 된 지상 3~4미터 상공에서 스무 해 가까이 일해온 덕분에 내가 이 세상에 왔던 곳으로 다시 돌아간다는 사실을 깨달았다.

오늘도 나는 이 높지 않은 땅과 하늘 사이에서 몽키와 드라이

버를 들고 광대 줄타기 하듯 뒤뚱거린다. 아직 나는 살 만한 가치가 있다고 자부하면서 내가 이룬 성취감에 작은 희열을 느낀다.

그러나 오늘밤 잠자리에서는 잠꼬대가 심할 것이다. (2019)

망각의 여유

차를 몰고 가다 신호등에서 빨간 불이 깜빡깜빡하고 있으면 망설여지는 경우가 있다. 가야 하나 말아야 하나……. 평소 파랑, 노랑, 빨강 색에 익숙한 탓에 그 범위를 조금만 이탈해도 불편하고 대응이 쉽지 않다. 인간이 기계화되어가고 있기 때문이다.

근래 들어 내 신호등이 제 기능을 잃어가고 있다. 걸핏하면 빨간불이 깜빡거린다. 배터리 탓인가. 아니면 본체가 사용 내구연한이 도래하여서인가.

때로는 내 전화번호도 생각나지 않을 때가 있다. 가끔씩 만나는 동창 이름은 더욱 떠오르지 않는다. 수필을 쓸 때는 금방 떠오를 것 같은 단어가 며칠 동안 생각나지 않아 애를 먹는 일이 자주 생겨난다.

얼마 전에 풍수지리 연구회에서 전국의 명당을 답사하기 위하여 일행과 함께 2박 3일 일정으로 여행을 떠났다. 공항에 도착하고 보니 휴대폰이 없다. 집에서 나올 때 분명히 손에 들고 나왔는데 그 다음은 기억이 나지 않는다.

몇 년 전 일이다. 아주 오랜만에 전국적으로 인기를 모았던 영화 한 편을 보고 집에 와보니 지갑이 없었다. 분명히 영화관 매점에서 먹을거리를 살 때는 있었는데 어떻게 된 일인지 모르겠다. 영화관에 전화해서 혹시 지갑 주운 것 있느냐고 물어보았으나 없다고 한다. 우선 은행에 카드 분실신고를 하고 주민등록증도 새로 만들었다. 그 후 20여 일이 지난 어느 날 경찰서에서 전화가 왔다. 신원을 확인하더니 영화관에 가서 지갑을 찾아가라는 것이었다. 영화관에서는 내가 영화 본 다음날 종업원이 청소하다 지갑을 주워서 사무실에 맡겼는데, 직원이 잘 간수해두고 잊고 있었다가 이제야 발견해서 신고했다고 한다.

또 언젠가는 친구들과 산행을 하고 집에 와서 옷을 갈아입고 보니 지갑이 없었다. 가만히 기억을 더듬으니 산에서 내려올 때 쉬면서 회비를 냈던 생각이 났다. 친구들에게 연락해서 식사했던 식당에도 알아보고, 우리가 쉬었던 장소에 흘리지나 않았을까 해서 친구와 함께 가보았으나 허탕이었다. 급히 카드 분실신고부터 했다. 그렇게 야단법석을 하고 3일이 지나서 옷을 갈아입으려고 옷장을 열었더니 옷장 안 선반 위에 얌전히 있었다.

그 뒤로 나는 지갑을 바꿨다. 20여 년을 부려먹었으니 지갑도 나이가 너무 많은 것 같아서이다. 새 지갑을 지니고 다닌 후에는 아직 분실한 적이 없는 것으로 보아 그 덕분이 아닌가 한다.

요즘은 휴대폰이 일상생활을 지배하는 시대다. 전화번호, 일정표, 사진 등 온갖 잡동사니 들이 다 거기에 있다. 그러니 그게 없으면 불안하다.

나는 가끔 아이들이 사는 서울에 가서 지하철을 타면 그 안에 있는 사람들을 살펴보는 일이 습관처럼 되었다. 거의 대부분이 휴대폰에 눈동자를 박아놓고 있다. 젊은이나 나이 많은 이나 모두 그렇다. 그것이 나쁘다고는 생각되지 않는다. 아무것도 안 하는 나보다 낫다고 여기지만 기계에 예속되는 것 같아 안쓰럽다.

저 사람들 손에 모두 시집 한 권씩 들고 있다면 얼마나 아름답고 향기가 넘치는 세상이 될까 하는 상상을 해본다.

신호등이 없던 시절에는 오히려 교통사고가 덜 났었다. 교통이 복잡하지 않고 여유로워서 서로 양보하고 조심하였기 때문이다.

나는 이번 여행을 통하여 휴대폰에 대한 생각을 바꾸기로 했다. 휴대폰이 없는 3일 동안 나에게는 큰 불편도 없었으며 아무 일도 일어나지 않았다는 사실이다.

혹자는 신이 인간에게 준 선물 중에서 가장 큰 선물이 망각이라고 주장하기도 한다. 그래 그렇게 생각하기로 하자.

있으면 있는 대로 없으면 없는 대로, 잊으면 잊은 대로 생각나면 생각나는 대로 살아가면 될 일이다. 어차피 인생의 마지막 무대는 백지로 돌아갈 터이니.

망각의 여유, 빈손의 여유를 망각하여 살아갈 것이다. (2019)

02

무당개구리의 묵언

민달팽이의 일기

듣고 싶은 소리, 그 빛

비가 올 때는

이별 연습

꺼병이의 꿈

무당개구리의 묵언

선 자리와 앉은 자리

숙제하기

정 하나 내려놓고

짝 잃은 검정고무신

민달팽이의 일기

여름 장마가 잠시 마을 가고
배시시 아침을 열던 날
민달팽이 가족들이 등반을 하고 있다
설악산 천불동 계곡 장군봉을 타는 산악인처럼
창고 벽에 다닥다닥 달라붙어 온몸으로 산을 타고 있다

속세가 싫어 은둔하는 처사들이
목숨 걸고 대낮에 산을 오르는 것은
새로 태어난 자손들에게
심신을 단련하고
험난한 세상에 대처하는 법을 가르치기 위해서다
어른이 선두에 서서 길을 내면 아이들은 뒤따라가고
정상에 이르면 서둘러 내려온다
산에서 길을 잃거나 추락하는 일은 생기지 않는다

민달팽이는
비록 굶주린 배를 채우기 위해
달밤에 월장을 할지라도
몰래 훔쳐 먹은 남새밭에 족적을 남기며
자존심만은 버리지 않는 떳떳한 선비의 성품을 지녔다

민달팽이는
오늘 다녀온 곳의 로드맵을 작성하고
일기를 쓴다
평생의 행적을 한치의 오차도 없이 기록을 남기는 자
이들 말고 또 있을까

나는 채마밭에 쪼그리고 앉아
한참동안 그 상형문자 일기장을 살피다가
그것을 지워버릴 궁리를 하고 있다

듣고 싶은 소리, 그 빛

햇볕이 대지를 살포시 품어 안는 봄날, 아내를 따라 오일시장 구경을 나섰다. 시장 입구에는 뻥튀기 장수가 옥수수를 튀겨내고 있었다.

어렸을 적에 가끔 어머니 따라 오일장엘 가면, 어머니는 가지고 간 농산물과 닭을 팔기 위해 장터 한구석에 자리를 잡고 앉았다. 그러는 동안 나는 뻥튀기 기계 옆에 서 있다가, 뱅글뱅글 돌아가던 기계가 멈추고 포대를 주둥이에 갖다 대면 얼른 손바닥으로 귀를 막았다. 기계 문이 열리면서 '뻥' 소리와 함께 튀겨진 옥수수가 자루 속으로 튕겨 들어가고 일부는 바깥에 떨어진다. 자루 밖에 있는 것은 구경하는 사람들의 몫이다. 나는 이러한 뻥튀기를 주워 먹는 재미로 시장에 올 때는 빼놓지 않고 그곳에 들렀었다.

'뻥' 소리가 약하게 나면서 옥수수가 튀겨 나온다. 그 소리가 귀를 막지 않아도 될 만큼 작아졌다. 옆으로 새지도 않고 모두 철망 속으로 떨어진다. 아저씨에게 부탁하여 한 움큼 얻어 깨물었다.

고소하고 부드러운 맛이 옛날 그대로다.

장터 안으로 들어서자 온갖 꽃과 나무들이 가지마다 도톰한 눈망울을 달고 봄을 껴안은 채 정착할 곳을 기다리고 있다. 생선들이 사이좋게 누워있는 어물전 옆에는 할머니 몇 분이 봄나물을 한 소쿠리씩 담아놓고 앉아 있다. 아내를 졸라 달래, 쑥, 냉이를 샀다.

끝자리에는 날개와 다리를 묶은 닭을 땅바닥에 뉘어놓은 할머니가 앉아 있다. 어머니의 예전 모습이다. 그 모습을 한참동안 바라보고 서 있으려니 아내가 저만치서 빨리 오라고 손짓한다.

농기구 가게 서쪽 편에는 유채꽃을 닮은 병아리들이 철망 속에서 주둥이를 벌리고 어미를 부르고 있다. 아니 어미를 본 적이 없으니 춥다고, 배고프다고 보채는 것이겠지. 아이들 대여섯 명과 그들의 어머니인 듯한 젊은 여인 서너 명이 병아리를 만져보며 흥정을 하고 있다. 아이들이 아파트에서 애완용으로 기를 거란다. 그 병아리와 아이들은 잘못된 만남 같지만, 어쩌면 한 울타리 속에 갇혀 사는 같은 운명이라는 생각이 든다.

내가 어릴 때 살던 시골집에는 닭을 대여섯 마리 키웠다. 그 중 나이 든 암탉 한두 마리는 봄이 오면 알을 품어 병아리를 깠다. 알을 품는 동안 어미닭은 하루 한두 번 둥지에서 나와 배설하고 먹이를 조금 먹는다. 적게 먹는 것은 배설을 자주하지 않고 알을 품는 시간을 길게 하려는 모성애의 발로이다.

21일간의 인고 끝에 여남은 마리의 새끼가 태어나면, 그들을 데리고 밖으로 나와 양지바른 곳에서 벌레를 잡아주며 살아가는 법을 가르친다.

어미닭은 새끼들을 적으로부터 보호해야 한다. 솔개나 까마귀가 나타나면 새끼들에게 숨으라고 신호를 보내고, 어미는 깃털과 날개를 세워 적과 싸울 준비를 한다. 솔개는 상공을 선회하다가 미처 숨지 못한 병아리를 발견하면 번개 같이 달려들어 낚아챈다. 어미가 사력을 다해 방어해보지만 그 힘과 날쌤을 당해낼 재간이 없다.

까마귀의 사냥 전술은 놀라울 정도로 치밀하다. 지붕 위나 나무 가지에 숨어 엿보다가 상대방이 방심한 틈을 타서 잽싸게 물고 도망간다. 병아리를 지키는 일은 내 몫이었는데, 이 까마귀에게는 종종 허를 찔리고 말았다. 그런 날이면 나는 하루 종일 우울하게 지냈다. 부모님으로부터 꾸중들을 일이 걱정도 되었지만, 그보다도 병아리가 맹조에 채여가는 모습이 참으로 불쌍하였다.

병아리가 여섯 달쯤 지나 가을이 되면 수놈은 노래를 부르고, 암놈은 알을 낳기 시작한다. 수탉이 울면 어김없이 동이 트고, 이 소리에 식구들은 잠이 깬다. 어머니가 아궁이에 불을 지펴 굴뚝에서 연기가 피어오르면, 가축들은 배고프다 아우성이고 아버지는 연장을 챙기느라 소란스럽다. 그 바람에 나도 잠이 깨어 닭 우는 소리와 함께 이웃마을에서 들려오는 예배당 종소리, 끊어질 듯 이어지는 산사의 목탁소리에 한참동안 동쪽 하늘을 향해 서 있기도 하였다.

암탉이 알을 낳으면 큰 소리로 세상에 알린다. 아마도 새로운 생명을 탄생시켰다는 자긍심일 게다. 태초에 동물의 근원은 알에서 시작되었다는 설도 있으니 그럴 만도 하지 않은가. 일설에 의하면 1 : 1.618을 황금비라고 하여 만물의 구성원리라고 하였는데, 달걀 모양이 그와 같으니 참으로 신비한 일이 아닐 수 없다.

알을 낳으면 혹시라도 구렁이가 훔쳐 먹기 전에 거둬들여 서늘한 곳에 보관하여야 한다. 어느 날 학교에서 돌아와 알을 주우러 갔더니 큰 구렁이가 달걀을 반 쯤 삼킨 채 둥우리에 똬리를 틀고 있었다. 내가 막대기에 헝겊을 감아 항아리에 모아 둔 오줌을 묻혀 뱀의 입에 갖다 대니, 뱀은 물었던 달걀을 뱉어놓고 도망가버렸다.

그 시절, 달걀은 쉽게 현금화할 수 있는 우리 집의 귀중한 재산으로 조심스럽게 다루었다. 달걀은 열흘이나 보름마다 계란장수 할머니가 수집해갔다. 작달막한 키에 큰 대바구니를 짊어지고 단골집을 찾아다녔는데, 나는 이 할머니를 손꼽아 기다렸다.

결혼식 날 신랑, 신부의 밥상에는 삶은 달걀이 하나씩 통째로 올랐다. 들은 바로는 그들의 젓가락질하는 실력을 떠보기 위한 것이라 하기도 하고, 달걀처럼 자식을 많이 낳으라는 뜻이라고도 하나 그들은 젓가락을 댈 수가 없다. 상을 물리면 그 방의 좌장 할머니가 달걀을 간수해두었다가 손자를 불러주었다. 손자는 남몰래 먹으라는 할머니의 당부를 저버리고 아이들 앞에서 젠체하며 먹었다. 그 모습이 어찌나 부러웠던지 나도 저런 할머니가 있었으면 좋겠다는 생각을 했다.

사람이 살아가는 데에는 수많은 연을 맺고 그 연에 따라 삶의 방식도 다르다는 생각을 하게 된다.

요즘은 밤새 켜놓은 전등 때문에 수탉이 동트는 줄 모르고, 철망 속에 갇힌 암탉은 우는 법도, 알 품을 줄도 모른다. 어디 닭뿐이랴. 본성을 잃어가는 이 사회 또한 닭장 속의 닭을 닮아가고 있지 않은가.

내가 그토록 미워하던 솔개와 까마귀, 구렁이를 이제 미워할 수가 없다.

나는 새벽잠에서 깨어 동쪽 하늘의 별들과 눈을 마주하고 있으면, 수탉이 새날을 부르는 소리가 듣고 싶고, 그 소리에 살며시 다가오는 여명의 빛이 그리워진다. (2009)

비가 올 때는

비가 올 때는 나무들이 하늘을 떠받들고 서 있다. 빗방울 소리가 나의 달아오르는 가슴을 가라앉게 한다. 비는 도시의 소음과 사람들의 아귀다툼, 짐승의 울음소리도 멈추게 만든다.

나는 비를 좋아한다. 빗방울이 나뭇잎이나 풀잎에 매달려 있는 모습이 좋고, 부서지며 내는 소리도 좋다. 때로는 장맛비처럼 지겹기도 하고, 폭풍우처럼 산사태나 강물이 넘쳐 피해를 주기도 하지만, 그것은 순전히 바람 때문이다. 바람은 비를 몰고 다니면서 사랑을 베풀기도 하고 심술을 부리기도 한다.

비는 내리는 모습에 따라 다른 분위기를 연출한다.

봄날, 가랑비를 맞으며 들길을 걷고 있으면 나는 자연 속으로 빨려들어간다. 만약 사랑하는 사람과 함께라면 이 세상 모두가 내 것이 되어 아름답지 않은 것이 없다. 걷다가 잠시 멈추어 서면 냉이며 달래, 쑥 향이 입맛을 돋우고, 제비꽃, 민들레꽃, 진달래꽃이 발목을 붙잡고 놓아주질 않는다.

이런 날은 고사리 따기가 제격이다. 걷던 길을 벗어나 야초지에 들어서면 구부정한 고사리들이 지천으로 널려 있다. 모진 한파를 이기지 못해 저렇게 굽었는지 아니면, 지은 죄가 많아 세상 보기가 두려운 것인지.

꿀비가 내리고 나면 농부는 밭을 갈아 씨앗을 뿌리고, 아낙네는 고추 밭에 김을 맨다. 새참과 함께 내온 막걸리 한 사발을 들이켜고 나서 풋고추를 옷자락에 쓱쓱 문질러 된장에 찍어 먹으면, 이 세상 부러울 것이 없다. 올 해도 풍년이 들어 농산물 값이나 제대로 받으면 그것으로 족할 뿐이다.

장대비는 물거품을 만든다. 땅에 떠 있는 물거품을 개구리가 자기 가슴이 떠 있는 줄 알고 놀라 소리 지른다. 비가 오는 날은 비닐하우스에 부딪는 소리, 함석을 때리는 소리, 스텐 세숫대야 울리는 소리, 유리창을 흔드는 소리로 온통 시끌벅적하다. 이럴 때는 문을 걸어 잠그고 낮잠 자는 것이 상수다.

천둥, 번개를 치는 뇌우雷雨는 잠자는 자연을 일깨워준다.

천둥소리는 막혔던 귀를 뚫어주고, 번개는 멀었던 눈을 뜨게 하며, 굵은 빗방울은 마음의 때를 씻어준다. 가끔 벼락을 내려 못된 짓을 한 자를 응징하기도 하지만, 사람들은 모두 '자기는 죄가 없다'고 거짓 양심을 믿고 있다. 나는 이럴 때, 귀를 틀어막고 눈을 감아 이불을 뒤집어 쓴 채로 가만히 엎드려 있다.

나는 비 중에서도 소낙비를 더 좋아한다.

지루하던 장맛비가 끝나고 무더위가 절정을 이루는 한여름, 태양의 불화로를 이기지 못해 나무며, 풀이며, 돌까지도 숨소리조차 몇어 있을 때, 소낙비는 생명을 불어넣어준다. 소낙비가 내릴 때는 우산을 내던지고 가급적이면 웃옷도 벗어 던진 채 흠뻑 비를 맞아본다. 얼마나 후련하고 상쾌한지 느껴보지 않은 사람은 그 기분을 알 수가 없다. 더구나 소낙비가 떠나간 뒤에는 황홀한 무지개가 기다리고 있지 않은가.

내가 소낙비를 좋아하는 또 하나의 이유는 다른 데 있다. 중학교 다니던 시절, 여름방학 동안에는 비 내리는 날을 빼놓고는 거의 매일 김을 매어야 했다. 8월의 태양은 나의 팔이며 목덜미에 물집을 만들었고, 밑에서 뿜어대는 복사열은 한증막과 같아서 숨쉬는 것도 벅찰 지경이었다. 이런 환경 속에서 김을 매니 얼마나 짜증나고 괴로웠는지 모른다.

마지못해 부모님을 따라 나서지만, 속으로는 제발 비가 오기를 빌었다. 일을 하면서도 마음과 시선은 온통 하늘에 쏠려 있다. 그러다가 검은 구름이 서쪽 하늘에 나타나면, 속으로는 쾌재를 부르면서도 겉으로는 더 열심히 일을 하는 척했다. 검은 구름이 밭 위를 덮더니 드디어 소나기가 쏟아지기 시작하고 우리는 밭담 구석이나 큰 나무 밑으로 몸을 피하여 소나기가 지나가기를 기다린다.

기다리는 동안 부모님은 뽑아놓은 잡초가 되살아날까 봐 걱정을 하지만, 나는 비가 그쳐 다시 일을 하게 될까 봐 노심초사했다.

내가 성년이 되어 농사를 지어보니 일에도 순서가 있고 때가 있다는 것을 알게 되었다. 시기를 놓치면 농사를 망치게 된다는 사실을 알고는 부모님의 마음을 이해하게 되었다.

소나비가 내릴 때는 웃지 못할 옛 이야기가 생각난다.

이웃 마을에 진사 시험에 합격하고 벼슬이나 한자리 해볼 생각으로 밤낮 없이 책만 읽던 한 선비가 살았다. 하루는 마당에 곡식을 널어놓고 식구들이 모두 밭에 나가 선비 혼자 책을 읽고 있었는데, 갑자기 소낙비가 내리기 시작했다. 선비는 곡식을 담아 들여놓아야 할 터인데, 어떻게 해야 하는지를 알 수가 없어 책을 뒤지기 시작했다. 많은 책들을 꺼내놓고 아무리 찾아봐도 곡식을 거둬들이는 방법은 어디에도 나와 있지 않았다.

식구들이 밭에서 돌아왔을 때는 이미 멍석이 물에 잠겨 곡식들은 수채 구멍으로 떠내려가고 있었다.

비가 올 때는, 친구들과 소주잔을 부딪치며 어린 시절 추억을 더듬어도 좋고, 시를 외거나 수필을 읽어도 좋다. 글을 쓸 수 있다면 더욱 좋겠지만.

비가 올 때는 하늘이 자연을 품에 안고, 나는 그 속에서 여유롭고 행복해진다. 비가 내리는 날, 나는 비로소 천진스런 자연으로 돌아간다. (2006)

이별 연습

나는 매주 목요일이면 친구들과 산에 오른다. 산을 오르면서 세상 돌아가는 이야기도 하고, 전에 가깝게 지내던 사람들의 근황을 물으며 걷노라면 그냥 즐겁다. 퇴직한 후에 시간이나 보내려고 시작한 일이 벌써 일곱 해가 되었다.

사람들은 건강을 위해서 산을 탄다고 하지만, 나는 그보다 자연이 주는 삶의 지혜를 배우려고 노력한다. 느릿느릿 걷다보면 운이 좋을 때는 희귀한 식물이나 동물들을 만나고, 또 아름다운 새들의 음악회에 초대받기도 한다.

내가 공무원이 된 것은 우연이었다. 에멜무지로 시험에 응시했다가 평생을 거기에 매달리게 되었다. 고등학교를 졸업하고 일 년 간을 농촌에서 방황하다 서울로 올라갔다. 취직을 해서 야간대학이라도 다니면서 공부를 해볼 생각이었으나, 제대로 된 취직자리를 구하지 못하고 삼 년여 세월을 허송하다 고향으로 돌아오고 말았다.

고향에서 며칠을 지내던 어느 날 이장 댁에 들러 신문을 펼쳐 보니 '지방공무원 모집 공고'가 눈에 띄었다. 용돈이 아쉬운 터라 용돈이나 벌 생각으로 '시험 한번 쳐볼까?' 하는 생각이 들었다. 그러나 시험 날짜가 보름밖에 남지 않았다. 그날부터 공부에 몰입하여 남몰래 시험을 치렀다.

합격자를 발표하던 날은 보리를 파종하고 있었다. 밭은 내가 갈고 부모님은 씨를 뿌려 흙을 덮는 일을 하였다. 정오가 가까워 오자 나는 쟁기를 세워둔 채 아무런 말도 없이 마을로 내려와 라디오가 있는 집에서 지방뉴스를 들었다. 합격자 번호를 부르는데 내 번호가 있는 것 같았다. 바로 시외버스를 타고 제주 시내로 가서 도청 앞 게시판에 붙어 있는 합격자 명단을 확인하였다.

시청이란 곳에 출근하고 보니 모두가 낯설고 어리둥절하였다. 선배들의 숙직과 잔심부름을 도맡아 했다. 새마을운동이 시작되면서부터는 새벽 길거리청소는 기본이고, 하물며 남의 집 지붕에 페인트칠도 하고, 행사 때는 밤낮 없이 동원되었다. 그러면서도 봉급은 방세도 못 낼 형편이었다. 뿐만 아니라 인사가 있을 때마다 한직으로 밀려났다.

80년대 중반에 운 좋게 도청으로 자리를 옮겼다. 그곳에서 퇴직할 때까지 근무했다. 때로는 굴욕감도 느끼고, 자존심에 금이 가는 일도 많았다. 90년대 들어 지방자치제도 시행으로 줄서기와 편가르기는 도가 지나칠 정도였다.

그렇게 37년 동안 재직하면서 사직서를 썼다 찢기를 여러 번

하였다. 두 번은 제출하였다가 상사의 만류로 돌려받은 적도 있었다. 만약 그때 사직서를 되돌려 받지 못했으면 나는 어찌 되었을까.

지금 생각하면 용돈이 아쉬워 시작한 공무원이었지만 평생 직업으로 잘 참아왔다는 생각이 든다. 후회는 없다. 인생에 있어서 첫발을 내딛는 것이 얼마나 중요한 것인가를 새삼 깨닫게 된다.

정년을 맞으면서 앞으로 어떻게 지낼 것인가를 심각하게 고민했다. 퇴직 후를 염두에 두고 마련해둔 사천여 평의 농토가 있긴 하나 농사꾼으로만 지내기에는 사람들이 그립다.

퇴직한 사람들이라면 다 느끼는 일이겠지만, 가장 견디기 힘든 것이 사회로부터 소외당하는 느낌이다. 그래서 쓸모없는 인간이라는 허탈감에 무력해진다.

나는 이를 극복하기 위해서 6개월 동안 농장 정리를 열심히 하며 지난날을 잊으려고 애썼다. 과연 무리하면 탈이 나는 법, 팔과 어깨에 인대가 늘어나 병원 신세를 졌다. 그러는 동안 나는 이렇게 무력한 인생을 보내서는 안 되겠다는 생각이 들었다.

우선 사회봉사단체인 로타리클럽과 환경단체에 가입하고, 고등학교 동창들 열대여섯 명으로 구성된 산악회에서 매주 산을 오르게 되었다. 교양과 취미생활을 위해서 문학과 명리학, 풍수지리, 유학 강의도 수강하였다.

인생은 언제나 평온한 날만 있는 것이 아니고 가끔씩 폭풍우를 몰아쳐 한바탕 뒤집어놓는다. 작년 봄에는 대장암 수술도 받았다.

나는 요즘 산에 오를 수 있다는 것을 감사하게 생각한다. 오를 때는 앞사람과 나무와 암석만을 보며 걷지만, 오르고 나면 멀리 많은 것들을 내려다볼 수 있다.

산은 계절마다 특색이 있으나, 그 중에서도 나는 가을 산을 더 좋아한다. 아마도 나이 탓일 게다. 가을 산을 보면 나도 저렇게 멋진 이별을 할 수 있으면 좋겠다는 생각을 하게 된다. 억새들의 그 고운 머릿결이며, 나무들의 단풍잎처럼 마지막 떠나가는 모습이 저렇게 아름다울 수 있다면…….

나는 지금 이별연습을 하고 있는 중이다. 퇴직하던 날이 이별의 서곡이요, 대장암 수술은 진정한 무대 경험이다. 이별은 순서도, 기약도 없다는 사실을 통감했다. 거기에는 환송하는 사람이 있어야 한다. 떠날 때 아무도 없다면 너무 외로울 거라는 사실을 아버지를 보내드리며 느꼈다.

자식을 결혼시키는 일도 이별 연습이다. 산을 오르며 심신을 건강하게 만드는 일은 마지막 순간을 추하지 않게 하기 위한 연습이다.

앞으로도 나는 더 많은 이별 연습을 하게 될 터이고, 그럴수록 완숙한 연기자로 변해갈 것이다. 정기검진일이 다가오면 재발에 대한 불안감이 일며 하고 싶은 일은 많은데, 세월은 자꾸 앞질러 가고 있으니 마음만 급하다.

다행히 이 조급한 마음을 누그러뜨리는 것은 수필을 쓰면서부터 생겨났다. 이것은 내 인생에서 잘 선택한 일 중의 하나로 꼽을 수 있겠다. 특히 훌륭한 지도교수를 만난 것은 만년에 찾아 온 크나큰 행운이다.

오늘도 늦가을 서쪽 산기슭에 비스듬히 걸려 있는 태양이 뒷덜미를 비춰주는 햇살처럼, 다정한 가족과 친구들이 있어 내 마음을 녹여준다. (2013)

꺼병이의 꿈

우리 농원 담장에는 장끼 한 마리가 고개를 치켜들고 힘찬 날갯짓을 하며 소리를 지른다. 아마도 이 주변 어딘가에 제 짝이 알을 품고 있는 모양이다. 암놈이 알을 품고 있는 동안 수놈은 주위에서 망을 보다가 위험이 다가오면 알려주고, 가끔씩 자기가 곁에 있으니 마음을 놓으라는 신호를 보내기도 한다.

보리 이삭이 영글어 황금빛으로 변해갈 무렵이면 십수 년을 보아오던 모습이지만, 오늘따라 저 꿩의 호기는 나를 주눅들게 한다. 높은 곳에 올라 퍼덕이는 날갯짓이며, 우렁찬 목소리는 천군만마를 거느린 장수와 다름없다. 저런 모습을 보고 어느 까투리인들 혹하지 않겠는가.

장끼의 꼬리 깃을 모자에 꽂고 병정놀이하던 어린 시절, 바위 위에 서서 아래를 내려다보며 부하들에게 '나를 따르라!'고 외치던 그 치기가 저와 같았으리라. 그때는 나도 하늘을 날고 싶은 꿈도 있었건만.

나는 숨을 멈추고 그 구령소리에 빠져들고 있다.

꿩 꿩, 꿔겅꿩!

꿩은 자웅 구별이 뚜렷하고 철저한 일부일처제를 지켜 외도하는 법이 없다. 사랑을 나누는 것도 때와 장소를 가릴 줄 안다. 그래서 예로부터 절개와 덕을 상징하는 길조로 여겨 봉황과 함께 관복이나 궁중복식의 무늬로 새겨놓기도 하였다.

우리 농장에는 여러 종류의 유실수가 있고, 콩, 깨, 해바라기와 같은 먹을거리가 널려 있어 새들이 살기에 안성맞춤이다. 무엇보다도 제초제를 사용하지 않아서 잡초가 무성하다. 그래서인지 해마다 꿩이 알을 낳고 부화한다.

꿩은 자식 사랑에 목숨을 건다.

어느 해던가. 농장에서 일을 하다 우연히 알을 품고 있는 놈을 발견하고 가까이 다가갔다. 암꿩은 죽은 듯이 엎드려 눈동자만 멀뚱거릴 뿐 피하려고 하지 않았다. 눈이 서로 마주치는 순간 제발 해치지 말아달라고 애원하는 것만 같았다. 그 눈빛이 얼마나 애잔하던지 더이상 쳐다볼 수 없어 얼른 자리를 떴다. 그 뒤로 나는 그 곳을 자주 들락거렸다.

그러던 어느 날이었다. 둥지에는 꿩은 보이지 않고 푸르스름한 알이 여남은 개쯤 놓여 있었다. 혹시 무슨 사고라도 생겼나 싶어 걱정스런 마음으로 만져보니 아직 온기가 남아 있었다. 조금 전까지 알을 품었던 것이 분명하여 안심이 되었다. 풀을 뜯어다 주변을 감싸 외부에서 잘 보이지 않도록 가려놓았다.

며칠 후 다시 그곳을 찾았을 때 나는 가슴이 철렁했다. 꿩은 보이지 않고 싸늘하게 식은 알만 남아 있었다. 그제야 나는 큰 실수를 범했다는 사실을 알았다. 알에다 손을 댄 것이 화근이었다. 꿩은 침입자가 있다는 것을 알고 다시는 그 곳을 찾지 않았던 것이다. 도와주려다 도리어 많은 생명을 죽인 꼴이 되었다.

세상에는 순수한 마음에서 한 일이 남에게 해를 끼치는 경우도 더러 있는 것 같다. 그런 일이 있은 뒤로는 알을 품는 낌새만 보여도 짐짓 모른 체하고 주변을 얼쩡거리지도 않았다.

다음 해에도 꿩은 알을 품은 지 3주간의 긴장된 시간을 보내고, 어미는 갓 태어난 새끼들을 데리고 둥지를 떠났다. 품이 모자랐던지 미처 까지 못한 알 셋을 남겨놓았다. 하기야 세상 일이 어디 품은 대로 다 된다면 얼마나 좋으랴. 어머니도 칠 남매를 낳아 키우면서 둘을 품었다가 실패했다지 않던가.

나는 빈 둥지 옆에 앉아 어느날 문득, 떠나버린 아이들 방에 들러 벗어둔 옷가지를 만지듯 알껍데기들을 만지작거린다. 아이들이 더 넓은 세상으로 제 꿈을 펼칠 길을 찾아 떠났듯이, 꿩들도 안전하고 먹이가 많은 곳을 찾아갔으리라.

얼마간의 시간이 지나자 어미는 꺼병이들을 데리고 와서 그들이 태어난 고향을 확인시켜준다. 나는 돌아온 꺼병이들을 보면 너무 반갑고 귀엽다. 우리 농장에서 태어났으니 한 가족처럼 느껴진다. 어미를 좇아 쪼르르 달리다 가끔씩 포릉포릉 나는 모습은 아이들이 뛰어노는 것과 다를 바 아니다. 바쁘다는 핑계로 아이들을 데리고 나들이 한번 제대로 못했던 내가 무안해진다.

장이나 담그려고 심은 콩이 머리를 기웃이 내밀 무렵이면 꺼병이들도 제법 자란다. 며칠 전에는 고향을 찾은 녀석들이 땅 위에 나앉은 콩을 주어먹고 가더니, 오늘은 다시 와서 콩 대가리를 쪼아대고 있다.

그 모습이 내가 어릴 적에 품앗이로 여럿이 모여 김매는 꼴과 영락없이 닮아서 피식 웃음이 나온다. 어미 까투리를 중심으로 꺼병이들이 일렬횡대로 싹을 쪼아대는 모습은 아이들이 호미로 풀을 찍는 모양새와 너무나 닮았다. 호미를 콕 박고 잡아당기면 풀이 뽑히듯이 놈들은 주둥이로 콩 머리를 콕 찍어 쏙 쏙 뽑아 먹고 있다.

이 진풍경에 매료되어 있는 시간도 잠깐, 녀석들은 이내 달아나버린다. 도시에 사는 손자가 오랜만에 시골 할아버지 댁에 잠시 들렀다가 떠나간 듯하다. 나는 떠난 손자를 기다리는 심정으로 꺼병이들을 기다린다.

날고 싶은 욕망은 인간의 본성일지도 모른다. 그래서 비행기와 우주선을 만들어 날고 있지 않은가. 살아가는 모습도 어릴 때는 솔개의 꿈을 꾸다 자라면서 까마귀가 되고 꿩이 되었다가, 더 나이가 들면 닭이 되는 것 같다.

닭은 날개를 접고 울타리 안에서 알곡만 골라 먹으며, 새벽을 여는 소리를 들려주고 알을 낳아 사람의 밥상을 풍요롭게 한다. 다른 새처럼 날지 못하는 대신 더 진실하고 더 보람된 삶을 사는 것은 아닌지.

장끼가 날아간 빈 하늘을 바라보고 있노라니 내 꺼병이들이 보고파진다.

이제 그들은 훌쩍 자랐다. 녀석들이 비록 솔개의 꿈을 이루지 못하더라도 그 꿈은 버리지 않을 것이다.

저녁노을이 걸려 있는 감나무에는 까마귀 두 마리가 앉아 까악 까악 아이들의 소식을 전해준다. (2008)

무당개구리의 묵언

살다보면 짜증스럽고 우울하여 인생에 회의를 느낄 때가 종종 있다. 자다 일어나면 머리맡에 널브러져 있는 머리카락도 흉물스럽지만, 핏기를 잃어버린 얼굴과 흐려진 눈동자가 싫어 거울보기를 삼간다.

한평생을 지내다보면 많은 고비를 만난다. 그 중에서도 성년이 되어 직업을 택하는 일이 한 고비요, 직장에서 물러난 후의 여생을 마무리하는 일이 두 번째 고비라 생각된다. 게다가 수명이 늘면서 이모작 인생을 사는 사람들이 많아지고 있다. 경제학의 대가인 피터 드러커는 생애 최고의 전성기는 60세부터라고 했다. 많은 경험과 삶의 여러 조건을 갖추고 있으니 하고 싶은 일, 잘할 수 있는 일을 마음대로 고를 수 있다는 뜻이리라.

어느날 문득 내 이모작의 묘판에 무슨 씨앗을 어떻게 심을 것인가를 고민하기 시작했다. 지난날의 생활습관에서 빨리 벗어나려고 애를 쓰며, 가급적 생산적인 일이면 좋겠다 싶어 농장을 찾아 채소도 가꾸고, 사회단체 활동도 하면서 재미를 붙여나갔다.

이렇게 일 년을 보내고 나니 슬슬 게을러지기 시작했다. 일어나고 자는 시간도 제멋대로이고, 반복되는 농장 일에도 싫증이 났다. 일을 하는 것도 아니고, 노는 것도 아닌 그저 빈둥거리고 있을 뿐이었다.

요즘 들어 나는 일하는 것보다 노는 게 더 괴롭다는 사실을 터득해가고 있는 중이다. 무엇보다 사람들과 점점 멀어져간다는 느낌이 들 때면 인생을 도둑맞은 것만 같아서 금세 풀이 죽는다. 누가 나의 무엇을 훔쳐갔기에 이리도 허전한 것인가. 지난 일들이 반추되면서 후회가 밀려와 마음을 다잡아보지만 속수무책이다.

며칠을 뒤척이다 신들의 고향을 찾아가야겠다는 생각이 들었다. 간소하게 배낭을 꾸려 집을 나섰다. 철쭉꽃이 만개한 시절이라 사람들의 행렬이 꼬리를 물고 이어졌다. 네댓 살 어린이에서부터 칠팔십의 노인과 몸이 불편한 장애인, 외국인 가족들이 한 덩어리가 되어 산을 오르고 있었다. 저 많은 사람들은 무엇 때문에, 어떤 생각으로 저렇게 기를 쓰며 이곳을 오르고 있는 것일까.

저 멀리에 오백나한이 슬픈 표정으로 서 있다. 사람이 접근하기에는 너무 성스럽고 장엄하여 멀리서밖에 바라볼 수 없는 곳, 그 곳에 일만 팔천여 신이 안거하면서 세상을 다스리고 있다고 전한다. 옆으로는 어머니가 자식들에게 먹일 죽을 쑤다 가마솥에 빠져 죽었으나, 그 사실을 모르고 맛있게 먹은 오백 명의 자식들이 나중에야 알고 통곡하다 바위가 되었다는 전설을 되짚으니 저절로 숙연해진다. 예나 지금이나 자식들에게 맛있는 밥을 배불리

먹이지 못하는 부모의 심정이 어찌 다를 수 있을까.

나도 어린 시절에는 어머니가 끓여주신 죽을 먹을 때가 많았다. 춘궁기에는 웬만한 부잣집이 아니고는 죽이나 범벅으로 간신히 목숨을 연명했다. 봄나물이나 무 잎사귀 같은 푸성귀를 잔뜩 넣고 끓이다가 보릿가루를 살살 풀어 저으면 멀건 죽이 된다. 그것을 한 대접 먹고 나면 스르르 잠이 들었다. 때로는 조를 껍질째 갈아 무를 썰어넣고 범벅을 만들어 먹기도 하였다. 그 무렵 어머니가 늘 하던 소리가 지금도 귀에 쟁쟁하다.

"저 녀석들, 쌀밥에 쇠고기나 한 번 실컷 먹여봤으면 죽어도 원이 없겠다."

어머니는 가족들의 생명을 책임지고 있는 생활 전사였다.

나는 우뚝 솟은 서쪽 암벽에 눈길을 멈춘다. 그곳에서는 일 년에 한 번 영지버섯이 피어난다고 한다. 아마도 하늘에서 신들에게 내리는 양식인 듯싶다. 그것이 옛날 진시황제가 찾던 불로초가 아니었을까 하는 생각이 든다. 언제부턴가 사람들이 위험을 무릅쓰고 그 영지버섯을 따간다고 하니, 오래 살겠다는 욕망은 인간의 본성인 모양이다. 신들의 양식을 훔쳐갔으니 벼락이라도 칠 법한데, 그런 소문을 들은 바 없으니 신령님들도 이젠 많이 너그러워지셨나 보다.

신들의 집 앞뜰에는 여러 종류의 희귀식물들로 정원을 꾸며놓았다. 돌매화는 세계적인 희귀종으로 목본류 중에서 가장 작은 나무로 알려져 있지만, 암벽에 조금 밖에 남아 있지 않아 불원간이 정원에서 영원히 사라질지도 모른다.

오르막길을 따라 구상나무 군락지에 이르면 산 자와 죽은 자가 나란히 서 있다. 살아 백년 죽어 백년이라 했던가. 모진 풍파를 견디며 청청하게 살다가 생을 마감한 뒤, 저렇게 멋진 모습으로 또 백년을 서서 지낼 수 있다니 그 기개가 부럽다.

그 위 언덕에는 철쭉꽃이 온 산판을 물들이고 있다. 사람들은 그 옆에서 즐거움을 만끽하며, 며칠 뒤에 올 추한 낙엽의 슬픔은 안중에도 없다는 표정들이다. 나는 진달래와 철쭉이 어떻게 다른지를 분간하지 못한다. 내가 살아온 인생도 이와 같다는 생각이 든다. 누가 철쭉을 진달래라 하고 진달래를 철쭉이라고 해도 그렇게 믿었다. 굳이 식별하려 들지도 않았다. 꽃이면 그만이지 이름이 뭐 대순가 싶어서였다.

나는 여러 산을 즐겨 찾지만, 이곳은 올 때마다 신비로운 느낌에 사로잡히곤 한다. 풍광도 아름답거니와 신들과 대화를 나누고 싶은 욕심에서다. 이 순간만은 시간과 공간, 소유와 무소유를 초월하여 자연과 하나가 되었다가 돌아가고 싶다. 산 중턱에는 적운積雲이 솔개를 거느리고 한가로이 산책을 하고 있다. 까마귀와 꿩도 뒤질세라 헉헉거리며 따라나서지만 금방 주저앉고 만다. 나는 마치 도인이나 된 듯 저들을 물끄러미 내려다보며 가벼운 미소를 보낸다.

산을 내려오다 계곡물에 손을 담갔다가 소스라쳐 놀란다. 늦은 봄인데도 물은 얼음처럼 차다. 물이 손끝을 따라 머리로 흘러드는 것만 같다. 집을 나설 때는 따로 놀던 머리와 가슴이 이제야 한통속이 된 듯싶다.

어디서 튀어나왔는지 무당개구리 한 마리가 물살을 가르며 내 앞을 지나 바위틈으로 몸을 숨긴다. 참으로 오랜만의 해후다. 맑은 물과 청정지역에서만 살다보니, 요즘에는 좋은 약재로 소문이 나서 멸종위기에 처해 있다고 한다. 나는 무당개구리가 숨어든 곳을 한참동안 노려보며 다시 나타나기를 기다렸으나 허사였다.

지난 겨울 눈으로 뒤덮인 이 동토에서 몇 달 동안을 어떻게 지냈는지 궁금하다. 그토록 오랜 시간을 암흑 속에서 봄을 기다리게 하는 힘은 무엇일까. 속인이 온 것을 알고, 바위틈에 숨어 숨소리조차 내지 않으니 이미 도를 깨우친 것은 아닐까. 나는 초라한 마음으로 잠시 눈을 감고 귀를 기울인다.

"구하려 하지 말고 있는 그대로를 보아라."

어디선가 무당개구리의 음성이 들리는 것 같다. 나는 무당개구리의 묵언을 배낭에 고이 담아 산을 내려왔다. (2009)

선 자리와 앉은 자리

나는 시내버스나 지하철을 탈 때면 눈동자가 바빠진다. 빈자리를 찾기 위해서다. 운이 좋아 빈 좌석을 찾으면 몸을 그 자리로 안내하고 눈은 잠시 쉬게 된다. 눈이 쉬고 있으니 마음도 평온하다.

앉을 자리를 찾지 못하면 눈동자는 고민에 빠져든다. 학생 옆으로 가면, 제발 자기를 지나쳐주기를 바라는 눈치 같고, 어쩔 수 없이 서면 그에게 자리를 양보하라고 무언의 압력을 행사하는 것으로 여길까 봐 내가 불안하다.

설령 누가 자리를 넘겨준다 해도 남의 자리를 뺏는 것 같아 마음이 편치 않다. 내 다리가 한두 시간쯤 서서 견디기 어려울 정도로 부실하지도 않거니와 그 정도로 대접받을 나이가 아니라 생각되어서다.

이십 대 초반으로 보이는 젊은이 옆이 여유가 있어 머물러본다. 왠지 편안한 느낌이 들지 않는다. 그렇다면 저 중년 여인이 앉아 있는 데가 좋겠다. 중년이어서 자리를 양보하려고 하지도 않을 것이고, 나 또한 남자보다는 여인 옆에 있는 게 마음이 편할 것 같다. 슬며시 옆으로 두어 발 옮겨놓고 서 있으려니, 중후한 여인의 향기가 나를 묵상에 들게 한다.

'한때는 나도 저 젊은이들처럼 자리를 내어드리기도 하고, 때로는 자는 척 눈을 감고 빼겨보기도 한 적이 있었건만…….'

설 다음 날은 고향 마을의 합동세배 날이다. 백여 호의 작은 마을이지만, 언제부턴가 어르신들을 경로당에 모시고 합동으로 세배를 드리는 것이 관례처럼 되었다. 이 날만은 고향을 떠났던 젊은이들로 온 마을이 활기가 넘친다. 골목 어귀마다 낯선 차량들이 조금은 거만하게 서 있고, 할머니 등처럼 굽은 골목길은 손자들의 재롱소리로 가득하다.

세배를 드릴 때는 어르신들의 앉는 자리가 정해져 있다. 맨 안방에는 팔십 세가 넘은 남자 어르신이 자리를 잡고, 그 반대 방에는 여자 어르신을 모신다. 마루에는 나이 차례로 왼쪽으로 꺾어 앉다가 다시 반대편으로 연이어 앉는다.

내 자리는 출입문이 있는 바깥 줄이었다. 이러한 내 자리가 올해 깨지고 말았다. 나는 여느 때처럼 바깥쪽에 앉아 있었는데 왼쪽 자리가 휑하니 비어 있지 않은가. (지난 해 여덟 분이 세상을 떠나셨고, 세 분이 병환 중이라고 한다.) 행사가 시작될 무렵, 진행을 맡은 청년이 왼쪽 자리가 비어 있으니 그 자리를 채워달라며 나를 그쪽으로 가라는 것이다.

나는 어색하여 머뭇거리고 있는데 옆에 앉아있는 후배가 "형님, 승진을 축하합니다!" 하면서 껄껄 웃어댄다.

'축하합니다!' 얼마 전까지만 해도 나에게 익숙했던 말이다. 인사발표 날이면 승진이나 영전한 사람은 축하받고, 그렇지 못한 사람은 축하를 해주는 말인데, 오늘은 왜 이리도 낯설게 들리는지.

나는 내 자리를 후배에게 넘겨주고, 먼저 떠난 어르신의 왼쪽 빈자리를 채워야 했다. 그 순간 나는 넘지 말아야 할 철조망을 넘어 억지로 끌려가는 느낌이었다. 어차피 넘어야 할 경계선인데, 이렇게 머뭇거리다니, 가는 길이 두려운 걸까. 내색을 않으려고 숨을 참았다 길게 내쉬었다. 감정의 변화가 이렇게 클 줄은 나도 예상하지 못했다.

한때는 빈자리를 차지하려고 얼마나 많은 눈동자를 굴렸던가. 그래서 그 자리에 앉으면 우쭐하고 앉지 못하면 분통을 터뜨리지 않았던가.

버스는 앉은 사람이나 선 사람이나 모두 같은 속도로 같은 방향을 달린다. 선 사람은 창밖의 풍경을 더 잘 볼 수 있고, 앉은 사람은 몸이 편안하다. 어떤 사람은 일찍 내리고 또 어떤 사람은 늦게 내린다. 그러니 모두 공평한 셈인데 무엇 때문에 앉을 자리를 찾아 눈동자를 굴리는가.

버스의 좌석처럼 인생의 자리도 정해 있지 않은 듯싶다. 새처럼 하늘을 날다가 지치면 아무 나뭇가지에나 앉아서 쉬고, 들판을 뛰어다니다 드러누우면 자기 자리인 짐승이 부럽다.

'네가 현재 있는 곳이 바로 네 자리다.'고 한 성인의 이치를 깨우친 것일까.

수없이 많은 자리를 만들어놓고 그 자리를 차지하려고 아귀다툼을 하는 사람은 과연 저들 조수보다 나은 동물이라 할 수 있을까?

그러고 보니 인생은 자리와의 싸움인가 보다. (2014)

숙제하기

내가 초등학교 다니던 시절의 숙제는 아주 간단하고 쉬웠다.

국어 교과서를 몇 쪽에서부터 몇 쪽까지 다섯 번 읽어오기, 구구단을 열 번 쓰기, 칠판에 더하기 빼기 곱하기 나누기 문제를 쓰고는 이를 옮겨 적고 답을 써오기 등이었다. 다음 날 선생님은 일일이 검사를 하면서 정답을 확인하였다. 숙제를 하지 않은 아이들도 상당수 있었다. 선생님은 이들을 앞으로 불러내어 무릎을 꿇려 손을 들게 하기도 하고, 때로는 잣대로 손바닥을 때리기도 하였다.

수업이 끝나고 선생님은 그 아이들과 공부 잘하는 아이들 몇 명을 남게 하여 과외 수업을 시켰다. 그러나 그러한 문제는 별로 개선되지 않았다.

그 시절, 학부모는 학교 문턱도 밟아보지 못한 사람이 대부분인데다 농사일이 바빠서 아이들이 학교에서 돌아오자마자 일을 시켰다. 당장 먹고 살기도 바쁜데 공부가 무슨 소용이 있느냐며 한글이나 깨우치면 된다고 하였다. 농번기에는 아이들을 학교에 보내지 않는 경우도 종종 있었다.

올해 초 서울 한복판인 광화문 인근 예식장에서 아들 결혼식을 치렀다. 세태가 급속히 바뀌고 있으니 아들이 하자는 대로 했다. 칠팔 년 전 딸의 결혼식과도 영 딴판이다. 주례도 없고 성혼선언도 없이 신랑신부가 같이 입장하여 서로 언약 비슷한 것을 낭독하더니 나더러 덕담 한마디 하란다. 그것도 삼분 이내로 끝내라니 이게 무슨 결혼식이란 말인가.

그날 나는 식전부터 손님을 맞으면서 매우 들떠 있었다. 일주일 전에 고향에서 피로연을 치르며 며느리가 생겼다는 마음과, 한편으로는 오랫동안 간직해온 숙제를 푼 해방감이 그렇게 만들었다. 딸 결혼식 때 딸의 손을 잡고 데려다 신랑에게 넘겨주며 눈시울을 붉혔던 때와는 영 다른 기분이었다.

나는 단상으로 나가서 사돈에게 예쁘고 반듯하게 잘 키운 딸을 우리 가문으로 보내주어 감사하다는 인사를 했다. 다음은 인생 선배로서 신랑신부에게 잔소리 좀 하겠다고 넌지시 압력을 가하고 말을 이어갔다.

첫째는 보통사람으로 살아라. 남보다 특별하게 살려는 것보다 남들처럼 평범하게 사는 게 행복한 삶이다. 둘째는 남과 비교하지 마라. 사람마다 각기 다른 특성이 있기 때문에 비교한다는 자체가 어리석은 일이다. 셋째는 일을 하다 잘못되었을 때 남의 탓을 하지 마라. 누가 뭐라 하든 최종 결정은 자기가 했는데 왜 남

탓을 하는가. 마지막으로 사람의 인연을 소중하게 여겨라. 세상살이가 모두 인연으로 맺어 있기 때문에 적어도 사람과 적을 만들어서는 안 된다.

끝맺는 말로는 중국의 고사를 인용하였다. 꽃향기는 백리 가고, 술 향기는 천리 가지만, 사람의 향기는 만리 간다花香百里 酒香千里 人香萬里. 식물이 꽃 한 송이를 피우기 위해서는 모진 비바람과 한서를 다 이겨내야 하고, 술이 좋은 향기를 내기 위해서는 오랜 기간 발효와 숙성 과정을 거쳐야 하듯, 사람도 향기를 내려면 끈질긴 노력과 탐구정신이 요구된다. 만리에 향기가 넘치는 사람으로 살아가기 바란다는 말로 끝을 맺었다. 빨리 끝내야겠다는 초조함 때문에 조리 있게 말도 못하고 내려왔다.

하기야 신랑신부가 지금 그런 말이 귀에 들어올 리 있으랴마는 그래도 어떤 말이든 해야 하겠기에 한 것이다.

세상이 변해도 너무 많이 변했다. 내가 초등학교 다니던 시절 결혼식은 신랑이 말 타고 신부 집으로 가서 신부를 가마에 태우고 신랑 집에 와서 식을 올렸다. 이때 신랑 말고삐를 잡는 사람과 가마를 메는 사람은 모두 하인이라고 하는 천인계급이었다. 걸어서 다녔기 때문에 가마 속에는 요강이 필수품으로 놓여 있었다.

중학교 다닐 때쯤 말과 가마 대신 자동차를 이용하기 시작했다. 그 후 얼마 되지 않아 양복 입고 주례가 있는 지금과 비슷한 서양식으로 바뀌었다. 예식장은 신랑 집 마당이나 공회당에 동네 사람들이 소나무와 대나무 등으로 아취를 만들고 꽃을 꽂아 장식

하였다.

전문 예식장이 생겨난 것은 1980년대가 아닌가 생각된다. 주례는 주로 신랑 은사인 교장선생님이나 사회 저명인사가 하였는데 이삼십 분 정도가 보통이었다. 마땅한 주례가 없을 때는 예식장의 전문 주례가 맡았다.

이천년대 들어 갑자기 호텔이 불어나면서 결혼식을 호텔에서 하게 되었다. 그만큼 생활수준과 경제적 여건이 좋아진 것이다.

사람은 태어나면서 많은 숙제를 부여받는다. 그 숙제는 모든 사람에게 적용되는 공통적인 것과 개인의 능력과 여건에 따라 부과하는 개별적인 것이 있다. 학교에서 공부하여 직업을 선택하고, 결혼하여 자식을 낳아 그 자녀를 교육시킨 후에 또 결혼시키고, 노부모를 봉양하다 돌아가시면 장례를 치르는 것 등이 공통적인 숙제다.

정치가나 예술인들처럼 능력과 소질과 취향에 따라 개인마다 다른 수많은 숙제를 품고 살아간다.

인생은 숙제하기다. 그 푸는 방법도 사람마다 제각각이다. 숙제를 풀지 못할 때에는 숙제를 낸 분에게 원망도 해 보고 도와 달라고 간청도 해 보지만 응답이 없다. 본인의 숙제는 오직 본인만이 풀어야 하는 명제이기 때문이다.

그러나 사람들은 이 숙제를 제대로 끝내지 못하고 생을 마감한다. 숙제를 풀어감에 있어서 과제를 잘못 이해하거나 숙제 자체를 모르기 때문이다. 그래서 우리는 때때로 벌을 받는다. 사람들 앞에서 망신을 당하기도 하고, 때로는 몸을 자유로 움직일 수 없는 처지가 되기도 한다.

요즘 아이들은 학교에서 숙제를 내면 부모들이 대신 해준다. 이 아이들이 자라서 인생의 숙제를 어떻게 풀어나갈지 염려되는 것은 나의 부질없는 기우일까.

수필을 쓰는 일은 내 인생의 숙제를 서면으로 제출하는 작업이다. 그래서 나는 수필을 쓰면서 인생의 맛을 느끼게 된다. (2018)

정 하나 내려놓고

내가 어릴 적 살던 시골집에는 대문이 없었다.

마을에서도 맨 위의 서쪽 방향으로 백여 미터쯤 되는 골목길은 겨우 짐 실은 마소가 다닐 수 있을 정도였다. 이 골목에 큰아버지네를 비롯하여 다섯 가구가 울타리를 맞대고 살았다. 우리 집은 직사각형의 백오십 평 대지에 돌담을 높게 둘러 초가집 두 채가 마주앉아 있고, 출입구에는 정낭을 설치해놓았다.

정낭은 곧게 자란 가늘고 긴 소나무를 통째로 베어서 출입구 길이에 맞게 잘라 껍질을 벗겨 만들었다. 정낭은 두 개나 세 개를 설치하는데, 집을 비울 경우는 걸쳐 놓고 사람이 있을 때는 내려놓는다. 이 보잘 것 없는 통나무를 통하여 이웃과 세상과 하늘의 정마저도 넘나들었다.

얼마 전에 사촌 형님이 갑자기 세상을 뜨셨다. 불과 2주 전에 선대종친 묘제에 참배하러 모시고 다닐 때만 하더라도 건강해 보였는데 그렇게 쉽게 떠나다니……. 그것도 내가 유럽 여행중이었을 때였다.

인생무상이라더니 참으로 허무하게 느껴진다. 연세로 보아서는 여든 다섯이니 살 만큼 살았다고 할 수 있으나 나는 큰 충격을 받았다. 교장선생으로 정년을 마친 형님은, 내가 퇴직 한 후부터 일가친척 일을 돌아볼 때면 늘 함께 모시고 다닌 세월이 십여 년이 지났으니 그 정이 꽤 깊었던 모양이다.

나와 가까운 사람이 또 한 명 줄어들었다. 이제 내 인생 셈법에는 덧셈은 없고 뺄셈만 있단 말인가.

떠나보내는 사람이야 아쉽겠지만 형님은 생의 마지막 무대를 참으로 멋지게 장식했다. 기운이 없어 하는 형님을 형수님이 병원으로 모시고 가서 정밀검사를 받았다.

심장동맥이 파열되어 피가 밖으로 흐르다 굳은 핏덩이 때문에 잠시 혈액이 세어나지 않고 있으니, 절대로 충격적인 말을 하지 말고 임종 준비를 하라고 했다.

형님은 집에 가겠다는 것을 조금 더 검사하자며 늦추다 삼 일 만에 눈을 감았다. 자식들에게 고별의 기회를 준 셈이지만, 정작 당신은 영원히 이별하는지도 어디로 가는지도 모르고 떠나가는 인생. 이 얼마나 자연스럽고 평화로운 장면인가.

형수님이 독실한 불교신자여서 영가를 사찰에 모시고 사십구재를 올렸다.

사십구재는 6세기경에 중국에서 유교적인 조령숭배 사상과 불교의 윤회사상이 절충되어 생겨났다고 전해온다. 사람이 죽으면 칠일씩 일곱 신들의 심판을 받다가 사십구일째 되는 날 염라대왕이 극락과 지옥을 결정한다고 한다.

모든 중생은 육도天上, 人間, 阿修羅, 畜生, 餓鬼, 地獄道세계를 윤회하고 있으므로 이 중 지옥도, 아귀도, 축생도 등 삼악도에 들어가지 않도록 하기 위하여 가족들이 비는 기도 행위이다.

사십구재를 마지막으로 올리는 날, 고인과 친분이 있는 S사찰 주지이며 이 사찰을 설립하기도 한 H스님을 모시고 법문을 들었다.

"사람이 세상에 오는 것도 자연에서 오는 것이요, 돌아가는 것도 자연이다. 혼이 떠나니 눈이 있어도 보이지 않고 귀가 있어도 들리지 않는구나. 영가여, 이제 좋은 것도 나쁜 것도 모두 내려놓고 돌아보지 말지어다.

한강물은 같은 물이 아닌데도 늘 같은 물처럼 착각하고 살며, 파도도 같은 바닷물인데 바람 때문에 거세어진다. 물은 흙이 섞이면 아무 것도 보이지 않지만 가만히 놔두면 가라앉아 맑아져서 달이 뜨면 달이 보인다. 거울은 때가 끼면 더럽게 보이나 때를 벗겨내면 깨끗해진다. 그러니 영가여, 파도가 잔잔해지고 흙탕물이 가라앉고 때 낀 거울이 깨끗해졌으니 얼마나 홀가분하겠는가."

그러면서 당나라 선승인 조주스님과 그 제자의 문답 이야기를 들려준다.

"깨달음이란 무엇입니까?"

"평상심을 가지는 것이다."

"평상심을 가지려면 어떻게 해야 합니까?"
"집착을 버려라."
"마음의 때를 벗겨 내려면 어떻게 해야 합니까?"
"뜰 앞의 잣나무를 보아라."

끝맺는 말로 영국의 역사학자 아놀드 조셉 토인비의 어록을 강조하였다.

'만약 이 세상이 망해서 다른 별로 이주하게 된다면 반드시 챙겨 가야 할 것이 있다. 그것은 한국의 효다.'

저 세상으로 들어가는 길은 어떤 길일까……. 그 길은 아마도 고속도로처럼 포장된 곧고 넓은 길이 아니라, 우리가 어릴 적 살던 시골길처럼 구불구불 휘어진 좁은 길이 아닐까. 길가에는 각종 이름 모를 꽃들이 피어 있고, 하늘에는 새들이 유유자적 떠다니며 아래 세상을 바라보고 노래하는 길.

마중 나온 사람도 인솔자도 없이, 거처할 곳을 찾아 골목길로 들어서면 입구에 정낭이 걸쳐 있다. 이 문을 넘으면 영원히 돌아올 수 없는 경계선. 잠시 머뭇거림도 없이 정낭 하나 툭 내려놓고, 마치 이웃집에 놀러갔다 집으로 돌아온 듯 들어서는 모습이 보인다.

뒤돌아보면 안 된다는 불문율 때문에 손 한번 흔들지 못하고 앞만 보고 걸어 들어간다.

지금 형님은 그곳에서 어떻게 지내고 계시는지, 부모님과 일가

친척들을 만나기나 하셨는지 궁금하다. 살짝 귀띔이라도 해주면 좋으련만.

그러나 내가 걱정하는 것은 형님은 운전을 할 줄 모르니 명절 때나 기제사 때에 어떻게 그 먼 길을 왕림하실지…….

부디 그곳 극락정토에서 영생하소서. (2018)

짝 잃은 검정 고무신

오일장이 서는 날 농약 뿌릴 때 신을 장화를 사려고 신발가게에 들렀다. 여기서 뜻밖에도 한 쌍이 비닐봉지 속에 정답게 누워 있는 검정 고무신에 눈길이 꽂혔다. 반가운 마음에 신을 집어들고 만져보니 부드럽고 매끈하다. 흰 고무신도 있었다.

내가 어렸을 적에도 신발을 사려면 오일장에 가야만 했다. 신발 가게에는 땅바닥에 천막 같은 두꺼운 천을 깔아놓고 수많은 고무신을 무더기로 펼쳐놓았다.

여기서 자기가 맞는 신발을 신어보며 짝을 찾아야 한다. 짝을 찾는 일은 그리 어렵지 않았다. 거기에는 비슷한 규격의 신발이 많았기 때문이다. 고무신은 투박하고 억세었다. 상표는 검정 고무신은 기차표와 타이어표이고, 흰 고무신은 백마표로 기억된다.

검정 고무신은 누구나 일반적으로 신는 신발이고, 흰 고무신은 잘 간직해두었다가 부모님이 외출할 때 신는 나들이용이었다.

내가 초등학교 다니는 동안은 늘 검정 고무신만 신었고, 중학교에 입학하면서 학교 갈 때만은 운동화로 바꿔 신었다.

새 고무신을 사면 반드시 자기만 아는 표시를 해놓아야 한다. 그것은 다른 사람 것과 구별하는 의미도 있지마는, 고의적으로 헌 신발을 놔두고 바꿔가는 것을 방지하기 위해서이다. 때로는 표시를 해도 그 위에 더 크고 진한 표시로 덮어씌워 자기 것이라 우기는 경우도 있었다.

새 신발은 아껴 신어야 한다. 학교 길은 오 리쯤 되는데 학교에 갈 때는 신고, 집에 올 때는 학교 근처를 벗어나면 손에 들고 맨발로 걸었다.

새 고무신은 길이 들 때까지 어려운 과정을 거쳐야 한다. 한겨울을 제외하고는 양말을 신지 않기 때문에 새 신발을 신으면 발뒤꿈치가 고무와 부딪혀 살이 무르고 터지게 된다. 그럴 때는 두꺼운 종이를 접어서 뒤꿈치 사이에 끼워넣고 다녔다. 집에 오면 새 신발은 벗어놓고 헌 신발을 신고 놀았다.

아무리 아껴 신어도 고무신은 몇 달 못가서 실금이 생기면서 찢어지기 마련이다. 바늘로 꿰매지만 빗물이 새어 발이 젖었다. 이럴 때는 전에 벗어두었던 헌 신발 중에서 쓸 만한 것을 찾아내어 짝을 맞췄다. 모양도 색깔도 조금씩 다르지만 물이 새어드는 것보다는 나았다.

내 주변에는 짝 잃은 사람들이 꽤 있다. 어떤 분은 아내를 도둑맞았는가 하면, 또 어떤 분은 일찍 수명을 다해 떠나갔으며, 또 다른 이는 발에 맞지 않은 신발처럼 낑낑대다 헤어졌다.

원인이야 어찌됐건 짝이 없어진 것만은 분명하다. 처음부터 없었다면 모를까, 있다가 없으면 그 허망함과 외로움과 불편함은 마치 고무신 한 짝이 없는 것과 같은 느낌이리라.

그것은 사이가 아주 좋았던 경우였거나 별로 좋지 않았더라도 크게 다르지 않은 듯싶다.

이들은 대부분 새로운 짝을 찾아 나서지만 나이가 들면 맞는 신발을 만나기가 쉽지 않다. 어차피 누군가 벗어놓은 신발을 골라야 하니 녹녹한 일이 아니다. 어쩌다 운이 좋으면 새 신발을 만나기도 하지만 꼭 좋은 것만은 아니다.

새 신발은 발뒤꿈치에 상처를 내어 쓰리게 하기 때문이다. 이 과정을 잘 견디지 못 하면 벗어 던지게 된다. 그러니 헌 고무신에는 헌 짝을 맞추는 게 어울릴는지도 모른다.

사람은 왜 발이 둘일까. 신이 인간을 창조하실 때 많은 고민을 한 것 같다. 짐승과는 다른 어떤 동물을 만들다 보니 우선 발의 숫자부터 줄인 것이고, 그 두 발로 걷자니 똑바로 설 수 밖에 없게 되었다.

그러나 두 발만 가지고는 짐승과 다를 바가 없다. 아니 오히려 더 불편하다. 그래서 신은 두 손을 달아주었다. 만능제조기인 이 손이 없었다면 인간은 짐승과 다름없는 생활을 하고 있었으리라. 더구나 손은 껴안는 기능을 부여하여 만물을 포용하도록 하는 아량을 베풀었다.

나는 우리 몸의 신체기능 중에서 우선순위를 매긴다면 단연코

두 발을 꼽을 것이다. 발이 없으면 움직일 수 없고 움직일 수 없으면 살아가기 힘들다. 오죽하면 '인생은 동사다'라고 하는 말이 생겨났을까.

우리 신체조직은 좌우 쌍으로 이루어진 것들이 많다. 발, 손, 눈, 귀, 콧구멍, 허파, 콩팥 등이다. 이들 중 어느 한쪽이 없어도 생명에는 큰 지장이 없다. 생명에 지장이 없음에도 신은 왜 같은 기능을 가진 것을 양쪽에 배치했을까. 그것은 한쪽이 없으면 불편하고 불안정하기 때문이다.

그래서 사람은 혼자 있으면 늘 외로움을 타는 것이다.

요즘은 신발도 고급스럽고 종류도 다양해졌다. 취향에 따라 여러 켤레의 신발을 갖추어 놓고 번갈아 신고 다닌다. 그러다가 오래되면 멀쩡한 신발을 버린다.

나는 신발을 사면 10년은 신는다. 질이 좋은 신발 서너 켤레를 번갈아 신기 때문에 쉽게 해어지지 않는다. 오래되어 모양새가 없으면 농장에서 일할 때 신어서 그 기능을 상실해야 버린다.

요즘 신세대들은 벗어던지는 것을 너무 쉽게 생각하는 것 같다. 우리 세대처럼 검정 고무신을 꿰매어 신지는 않더라도 함부로 벗어던지지는 말았으면 한다.

인간관계에서도 쉽게 만나고 쉽게 헤어지는 현실을 보면서 나는 지난날 검정 고무신을 생각한다. 닳을까 봐 조심스레 걸으며 물이 새면 아교풀로 때워 신던 그 마음.

짝 잃은 검정 고무신, 마루 밑에 보관해두었다가 다른 고무신이 짝을 잃었을 때 그 짝이 되던 그 시절의 정겨움은 다 어디로 가버렸을까.

검정 고무신 세대와 유명 메이커 운동화 세대의 차이점은 이런 것인가. (2019)

03

가을 편지

매미

쉬는팡

고장난 벽시계

길순이

가을 편지

산사의 그 빗소리는

토종감나무

겨울산

악마의 선물

딸에게 띄우는 편지

매미

긴 잠을 잔
세월이 원망스러워
통곡하다가
문득
밝은 세상 사는 날이 너무 아까워
한없이 노래 부른다.

무대는 들판의 나무
청중은 개미와 자벌레와 진딧물들
지휘자도 악보도 없지만
레퍼토리는 무한정이다.

매미는
수년 동안 묵언 수행하여
천상의 음악을 노래하는

앙상블이다.

혹시 누가 아나
그 노래에 감동하여
다음 번 태어날 땐
잠자는 시간을 줄여주거나
노래하는 시간을 늘려 줄는지…….

쉬는팡

오랜만에 고향 시골길을 걷고 있다.

차를 몰고 마을길을 자주 드나들기는 하였으나, 농로를 따라 걸어보기는 몇십 년 만의 일이다. 드문드문 소나무밭도 있고 아직 개간하지 않은 야산도 더러 남아 있지만, 어쩐지 전과 같은 정감이 들지 않는다. 길도 옛길이 아니요, 밭도 옛날 밭이 아니다. 흙먼지 날리던 신작로는 아스콘으로 포장되고, 마차도 다니기 힘들었던 농로는 시멘트를 깔아 자동차가 질주한다. 보리와 조를 심던 밭들은 모두 방풍수로 둘러싸여 감귤 과수원으로 변했다.

길가에 지천으로 널려 있던 산딸기며 보리수, 상동나무, 찔레꽃도 보이지 않는다. 봄에는 하얀 찔레꽃 향기에 마음이 설레고, 보리가 익어갈 즈음이면 산딸기와 상동을 따먹느라 밭에 가는 일조차 잠시 잊어버렸던 시절이 있었다.

걸으면서 밭주인을 떠올려본다. 이 밭은 김 아무개 어르신네 밭인데 농사를 잘 짓기로 소문이 났고, 저 밭은 이씨 아저씨네 밭, 또 저것은 우리 친척의 문중 밭이고…….

그분들의 모습이 가물가물하다. 한 분은 힘이 장사여서 씨름판에서 당할 자가 없었고, 한 분은 명창이어서 상여 앞에서 요령을 흔들며 '북망산천 멀고먼데 이제 가면 언제 오나~.' 하고 처량한 목청을 굴리면, 상여에 누워 있는 망인도, 상여를 따라가는 사람도 혼을 빼앗기곤 하였다. 이제 그분이 떠났으니 이승을 떠나는 사람의 넋은 누가 달래줄 것인가.

해묵은 영상에 잠겨 있는 사이, 나는 신작로 네거리를 지나 농로를 따라 걷고 있었다. 저절로 발이 멈춰졌다. 쉬는팡이 있었던 자리다. 마을 사람들이 밭을 오가면서 무거운 짐을 팡에 올려놓고, 저렸던 어깨를 풀며 땀을 식히는 동안 서로의 안부를 묻고 위로하던 곳. 짐이 가벼운 사람은 무거운 이의 짐을 나누어지기도 하고, 일어날 때는 서로 등을 떠밀어주며 도란도란 정을 나누던 정거장 같은 곳이었다.

제주 사람들은 짐을 나를 때 지게를 쓰지 않고 주로 등짐을 한다. 조, 보릿단 같은 곡식과 건초처럼 부피가 큰 물건은 지게가 마땅치 않아서다. 지겟짐은 작대기에 의지하여 혼자 일어나지만, 등짐은 뒤에서 떠밀어주지 않으면 일어날 수가 없다.

우리 선조들은 쉬는팡을 군데군데 만들어놓았다. 오르막길을 오르기 전과 내리막길 뒤에는 반드시 쉬는팡이 있었다. 힘든 길을 오를 때는 휴식을 취하며 원기를 비축하고, 힘들여 높은 곳을 오르면 쉬어가라는 뜻이다. 쉬는팡은 크고 넓죽한 바위나 암반 같은 데에 만들어 사람이 서서 허리에 닿을 만큼 높이를 맞추었다.

나는 짐을 지고 나설 때부터 쉬는팡을 생각하며 한 발 한 발 내디뎠다. 조금만 더 가면 쉴 수 있다는 기대로 억누르는 무게를 견디어냈다.

가벼운 짐은 멀리가다 쉬고, 무거운 짐은 자주 쉬어갔다.

부모님께서는 뼈에 금이 가도록 짐을 지어 나르며 이 팡에서 숨을 돌리고 굽은 허리를 폈던 시절을 살았다. 그때 너무 많은 짐을 지고 다닌 어머니의 팔다리는 신경통에 시달리고 등은 호미처럼 굽었다.

그 쉬는팡이 흔적도 없이 사라졌다. 길을 넓히면서 오르막도 많이 낮아졌다. 무거운 짐을 지고 다니는 사람도 없다. 짐을 지고 다니는 사람이 없으니 쉬는팡이 필요하겠는가. 현대 과학문명은 사람들에게 등짐을 내려놓게 만들었다.

그러나 아무리 과학이 발달한다 해도 인생의 짐까지 내려놓을 수가 있겠는가.

나는 이날까지 살아오면서 감당하기 힘든 짐을 지고 버둥거린 적이 여러 번 있었다. 그때마다 쉬는팡을 찾지 못하고 방황하였다. 두어 뼘쯤 되는 팡에 기대어 방향을 잃은 다리를 추스르고, 열기로 가득 찬 육신을 식힐 수 있는 그런 쉬는팡을 얼마나 갈구했는지 모른다. 돌이켜보면 나는 내 삶의 공간에 쉬는팡을 하나도 만들지 못한 듯싶다.

인생에 쉬는팡을 가진 사람은 진정 행복한 사람이리라.

마을 사람들이 쉬는팡을 헐어버린 이유를 조금은 알 것 같기도 하다. 인생의 짐이야 내 맘대로 벗어던져버리지 못하는 것이니 어쩌지 못한다 해도, 무거우면 아무데나 내려놓고 쉬어 가라는 뜻이 아니겠는가. 이 하찮은 이치를 알면서도 쉬는팡에만 의지하려는 마음에서 벗어날 수 없는 것은 무엇 때문일까.

오늘도 나는 짐을 내려놓고 쉬어가는 법을 터득하기 위하여 이 한적한 시골길을 걷고 있다. 하루 일과를 마치고 떠나는 태양이 아쉬운 듯 쉬는팡이 놓였던 자리에 이름 모를 새 한 마리가 앉았다 석양을 좇아 날아간다. (2008)

고장난 벽시계

새벽 닭 우는 소리에 잠이 깨었다.

벽시계는 11시 55분을 가리키고 있다. 어, 이건 뭐지? 스마트폰을 찾아 열어보니 4시 30분, 벽시계가 고장 난 것이다. 이 시계는 25년 전 내가 처음으로 조그만 아파트를 마련하였을 적에 직장 동료들이 입주기념으로 사준 기둥시계이다. 지난해 벽에서 떨어지는 바람에 새 시계로 바꾸고 처박아 두었다가 이곳 농장에 비닐하우스 집을 지어 다시 걸어놓았다.

밖으로 나오니 새벽 공기는 상쾌하고 하늘은 벌써 밝은 기운이 확연하다. 초여름의 밤은 짧다. 닭은 연신 소리를 지르고 주변 들판 곳곳에서는 장끼가 화답한다.

꼬끼오~, 껑껑 꺼겅 껑.

고음과 장음의 토종닭 소리와 투박하고 단음인 장끼의 화음이 새벽을 열고 있다. 옆 건물의 어머니 방을 살펴보았으나 기척이 없다. 어슬렁거리고 있노라니 시장기가 느껴진다. 그러니까 엊저녁에는 라면으로 끼니를 때운 생각이 난다.

어렸을 때도 아침에 눈을 뜨면 배가 고팠다. 어머니는 식구들의 점심을 고구마로 때우고, 저녁은 품삯으로 받은 보리쌀을 맷돌에 갈아 푸성귀를 잔뜩 넣은 죽으로 연명하였다. 굶어 죽는 사람이 있을 정도로 어려운 시절, 어머니는 아홉 식구의 끼니를 해결하기 위하여 사력을 다했다.

그때 나는 부모님을 원망하며 빨리 어른이 되어서 돈을 벌어야 하겠다고 다짐했다. 그래서 나는 고등학교를 졸업하고 행정공무원이 되었으며, 부모님은 때마침 감귤재배 붐이 일면서 오직 삽과 괭이만으로 수천 평의 감귤 밭을 조성하게 되었다.

아버지가 돌아가시고 홀로 지내던 어머니는 두 해 전 병원에 입원한 적이 있었다. 심한 설사로 물도 마시지 못하고 기저귀를 찬 채, 링거에 의지하여 가쁜 숨을 몰아쉬는 어머니의 기저귀를 갈아드렸다. 겸연쩍어 하며 몸을 움츠리고 돌아눕는 모습에 나도 얼굴을 돌려버렸다.

퇴원하고 나서도 어머니는 기력을 회복하지 못하고 지내셨다.

그러더니 점차 누워서 지내는 시간이 늘어났다. 그렇게 좋아하던 TV도 보기 싫다고 켜지 않으신다. 사회복지사 아주머니가 와서 청소도 하고 식사도 챙겨드리며 말벗하는 시간이 유일한 일과다. 자식들을 보면 얼른 죽어야 하는데 죽지 못해서 자식들만 고생시킨다는 말을 입에 달고 있다.

가끔씩 했던 말을 하고 또 하며 정신이 흐려질 때도 있다. 이럴 때 깊은 신앙심이라도 있었으면 좋았을 걸 하는 생각을 하게 된다. 평생을 병원이라고는 동네의원에 신경통 약 받으러 다닌 일밖에 없던 어머니가 기껏 설사 때문에 저렇게 무너지다니……. 하기야 그 많은 세월을 아낌없이 굴려온 몸이니 어찌 고장인들 아니 나며 진액인들 남았으랴. 아흔 여덟 해를 살아 온 어머니는 이제 남은 기력이 다 소진되어가고 있다.

태양이 떠오르고 있다. 어머니는 태양이 뜨고 지는 것조차 무심한 듯하다. 배터리가 다 된 벽시계의 초침이 멈칫멈칫하며 돌아가듯 어쩔 수 없이 끌려가고 있다. 이제 그 시계가 멈추어 섰으면 좋겠다. 자식들 얼굴조차 알아보지 못하고 떠나시면 인생이 너무 허망하지 않겠는가.

얼마 전에 형제들이 의견을 모아 어머니를 요양원으로 모셨다. 그곳에는 자식도 못 알아보는 할아버지를 비롯하여 손이 떨려 숟가락도 못 드는 할머니, 기저귀를 찬 채 멍하니 앉아 있는 약간 젊은 노파, 어린애처럼 말을 더듬는 노인들이었다. 그분들은 식사할 때와 운동을 한답시고 휠체어나 유모차에 의지하여 정원을 잠시 거니는 것 외에는 거의 누워서 지내신다.

이분들도 젊어서는 보릿고개를 이겨내고 산업화를 이루면서 가족들을 위해 사력을 다 한 분들이었다. 그 대가가 이런 것이란 말인가. 가슴이 먹먹해지면서 하늘도 공평하지 않다는 생각이 든다.

나는 가슴에 큰 돌멩이 하나를 품고 요양원을 나왔다. 병실에 누워 물 한 모금 마시지 못하면서도, 왕진 온 의사에게 아들의 아침밥을 걱정하며 '식당 문 열었느냐'고 물으시던 어머니. 그런 어머니에게 나는 지금 무엇을 하고 있는 걸까. 고장 난 벽시계를 시계방에 맡기듯 두고 온 것 같아서 뵙고 돌아설 때마다 발길이 무겁다.

나는 어머니를 보면서 이제야 비로소 나를 알게 되는 듯싶다. 머리는 비우고 가슴은 채우려 노력한다. 세상만물이 고장 없는 것이 있으랴마는 고장 나면 부품이나 배터리를 갈아 끼울 수 없는 것. 왔던 길을 되돌아가는 것이 인생 아니던가. 내가 어머니를 위해 마지막으로 할 수 있는 일은 하늘에 부탁드리는 일뿐이다.

하늘이시여, 어머니의 마지막 무대는 좋은 추억으로 기억되게 하여 주소서!

배터리를 갈아 끼운 농장의 벽시계는 오늘도 어김없이 잘 돌아가고 있다. (2018년)

길순이

아직 찬 기운이 채 가시지 않은 이른 봄, 우리 농장에는 태어나서 얼마 되지 않은 강아지 한 마리가 찾아왔다. 그 몰골이 미라가 살아 움직이는 것처럼 보기가 민망할 정도였다. 나는 앉아서 손을 내밀고 혓소리로 꼴꼴꼴 하며 불러보았으나 들은 척도 하지 않고 달아나버린다.

놈이 이 근처 어딘가에 살고 있을 것이란 생각에 농장을 나오면서 먹을거리를 놓아두었더니 다음 날 그릇은 비어 있었다. 이런 일이 반복되는 동안 녀석과의 거리는 조금 좁혀졌다. 사람을 보아도 거리는 두되 도망치지 않고, 오히려 먹을 것을 달라고 애원하는 눈치다. 밥을 놓고 물러나면 슬금슬금 눈치를 보아가며 먹고는 어디론가 떠나간다.

농장에는 노부모님이 살고 있다. 어머니는 사람이나 짐승이나 집에 온 손님을 내치는 법이 아니라며 녀석을 볼 때마다 밥을 주다 보니 나중에는 아주 눌러 살게 되었다. 식구가 하나 늘었으니 이름을 '길순이'라 지어주었다. 전에 어느 한 청년에게 호적을 만들어주었던 생각이 나서 붙인 이름이다.

80년대 중반이었던가. 내가 동사무소에 근무할 당시 특별법에 따라 호적을 일제정리하는 기간이 있었다. 하루는 서른쯤 되어 보이는 건장한 청년이 찾아와서 호적을 만들어 달라고 한다.

6·25전쟁이 한창이던 어느 여름, 난리를 피해 다니던 그의 부모는 농촌의 한적한 들녘에서 사내아이를 낳았는데 그 애가 세 살 되던 해 어머니가 집을 나가버렸다. 아버지는 어머니를 찾는다며 떠돌아다니다 일곱 살 되던 해에 제주로 들어와서 몇 달 지내다 그를 길에 버려두고 종적을 감추었다. 그 뒤 고아원에서 삼 년 쯤 살았으나 적응하지 못하고 뛰쳐나와 그렁저렁 지냈단다.

아버지는 그를 '섭이'라 불렀는데 성과 이름, 정확한 나이도 모른다는 것이다. 나는 우선 그의 이름을 지어야 하겠기에 성은 그가 원하는 대로 '한韓'씨를, 본은 '제주'로 정했다. '제주 한'씨의 시조가 된 것이다.

이름은 좋은 길로 살아가라는 뜻으로 길할 길吉, 길 도道자를 써서 '길도'라 지었다. 한길도, 지어놓고 보니 이름이 괜찮은 것 같다. 나이는 그가 말하는 대로 맞추고, 여름철에 낳았으니 국경일을 택하였는데 제헌절인지 광복절인지는 기억이 나지 않는다.

길순이도 어느덧 늠름한 사냥개처럼 자랐다. 누런 빛깔의 자그마한 체구에 쫑긋한 귀와 등허리로 말아 올린 꼬리, 날렵한 몸매가 진돗개를 닮았다. 그래서인지 가끔 꿩이나 산비둘기를 잡아먹는 모습이 눈에 띈다.

그러나 사람에게는 잡히지 않고 집을 만들어주어도 얼씬하지 않는다. 어디서 잠을 자는지 알 수가 없다. 그러면서도 어머니를 좇아 노인회관에도 가고, 동네를 돌아다니다 내가 농장을 떠날 때는 자동차 소리를 듣고 한참동안 따라오기도 한다.

몸이 불편하신 아버지는 마루에 앉아 먹을 것을 개에게 던져주며 뛰어노는 모습을 바라보는 일이 일과처럼 되었다. 십여 년 전에 눈에 미끄러져 다친 뒤로 바깥출입이 힘든 아버지는 개를 보는 것만으로도 위안이 되는 모양이다.

겨울이 되자 길순이는 수놈을 데리고 다니는가 싶더니 점차 몸피가 불어났다. 그런데 그 녀석이 갑자기 성격이 변해서 동네 사람들을 보면 쫓아다니며 짖어대는 것이었다. 그러나 잡히지 않으니 붙들어맬 수도 없고, 임신까지 한 놈을 어떻게 할 도리가 없어 새끼 낳을 때까지만 기다려보기로 했다.

다음해 봄, 며칠 동안 보이지 않던 길순이가 홀쭉한 몸매를 하고 나타났다. 어머니는 뼈다귀를 고아 먹이며 산모 대접을 제대로 했다. 나는 녀석들이 있을 만한 곳을 여러 차례 찾아보았으나 허탕이었다. 하는 수 없이 새끼들이 자라서 스스로 찾아오기를 기다리기로 했다. 길순이는 식사 때가 되면 어김없이 나타나서 밥을 먹고는 어디론가 사라지고 하기를 한 달여.

봄볕이 등허리를 데우며 나무들이 연두색 잎을 키우던 날, 나는 고사리를 꺾어 반찬이나 할 요량으로 농장 옆 가시덤불이 있는 곳으로 가고 있었다. 그때 어디선가 끙끙거리는 소리가 들리는 게 아닌가. 가만히 앉아 소리나는 곳을 주시하였다. 소리 따라 덤불을 헤치고 들어가보니 강아지 네 마리가 서로 머리를 맞대고 누워 있었다.

그놈들을 헛간으로 옮기고 문턱을 높여 어미만 드나들 수 있게 하였다. 죽을 끓여 먹여가며 칠일째 되던 날 아침 강아지가 모두 사라졌다. 아마도 밤에 어미가 다른 곳으로 이사시킨 모양이다. 나는 놈들이 전에 살았던 주변을 뒤져보았으나 찾지 못했다.

열흘 쯤 지나 본격적인 수색작전을 개시했다. 좌측에서 우측 방향으로 정숙보행으로 전진하던 중 드디어 녀석들을 발견하였다. 도주하는 놈들을 붙잡아 다시 헛간에 가두고 문을 닫아버렸다. 놈들은 잘 자라서 그중 가장 복스럽게 생긴 암놈 한 마리만 남기고 세 마리는 다른 집으로 분양하였다.

그러는 동안 어미는 점점 사나워져서 사람들 원성이 늘었다. 어머니는 개를 팔아야겠다며 개장수를 수소문하고 다녔다. 개장수는 들개도 잡을 수 있다는 말을 들었다고 했다. 그러나 그런 사람은 쉽게 나타나지 않았다.

그러던 어느 날 길순이는 미친 듯이 날뛰면서 신음소리를 내더니 어딘가로 떠나서 영영 돌아오지 않았다. 그런 일이 있은 지 한 달 뒤에 새끼도 매었던 줄을 풀어놓은 사이 돌아다니다 어미 따라 그렇게 가버렸다.

태양이 대지를 몰아치듯 데워갈 무렵, 아버지는 길순이 모녀의 일로 충격을 받았는지 기력이 점차 쇠약해지더니 한 달을 못 넘기고 세상을 뜨셨다. 미처 예상하지 못했던 일이라 먹먹했다.

아버지는 세 살 되던 해에 할아버지가 돌아가시고 할머니와 어렵게 살아왔다. 열일곱 살에 일본으로 밀항하여 직장 일을 하며 야간 중학교를 다니려니 갖은 고생을 하였다. 해방이 되자 그 이듬해에 귀국하여 초등학교 교사로 십여 년을 봉직하기도 하였다.

그 후 돈을 벌겠다며 서울로 떠났지만, 오래 견디지 못하고 빚만 지고 고향으로 돌아와 서투른 농사꾼으로 평생을 살았다. 나는 그런 아버지가 원망스러워 다정한 말 한마디 하지 않았는데, 임종 순간마저 곁에 없었으니 얼마나 서운하셨을까.

간간이 가랑비가 내리는 날 아버지를 한적한 들판에 홀로 뉘어드리고 평토제를 올렸다. 내가 할 수 있는 일이란 이것밖에 없었다. 참석한 친척들에게 인사를 하려는데 목이 잠겨 말을 할 수 없었다. 손등으로 눈을 비비고 아버지가 누워 있는 곳을 바라보니 저만치에 길순이가 꼬리를 흔들며 서 있는 것만 같다.

먹구름이 후두두 빗방울을 뿌리고 지나면서 눈을 번쩍 뜨고 불호령을 한다.

“이 불효막심한 놈아!”

명도冥途에 계신 아버지께서 부디 길순이 모녀를 만나 외롭지 않았으면 좋겠다.

“길순아! 아버지를 부탁한다.” (2010)

가을 편지

창문을 열면 가을이 부르는 소리가 들린다. 문 밖에는 수많은 편지들이 쌓여 있는데, 때로는 풀기 어려운 사유의 화두를 보내오기도 한다. 어디로 갈까. 부르는 곳은 많은데 몸이 따라주지 않으니 마음만 급하다.

가까운 작은 산에 올랐다. 저 멀리 하늘과 맞닿은 바다에는 배들이 한가로이 떠 있고, 뭍에는 건물들이 숨막힐 듯 모여 있다. 내가 산을 찾는 이유가 뚜렷해진다. 산허리에는 억새꽃이 머리를 풀어 요염한 몸매로 댄스를 추고, 하늘에는 흰 조각구름이 보헤미안이 되어 떠돌아다닌다. 가을은 나그네의 성품을 지녔나 보다.

우리 농장의 토종 감나무는 잎사귀를 모두 털어내고 열매만 달고 있다. 나는 이 모습을 오래도록 보고 싶지만 나무는 그 미물들을 떠나보내려 한다. 새들에게 빼기기 전에 내 몫을 챙겨야 하겠다는 욕심을 부린다. 크지도 작지도 않은 타원형 모양의 터질 듯한 주황색 피부의 촉감이 짜릿하다. 더러는 항아리에 넣어 감식

초를 만들고, 나머지는 바구니에 담은 채로 두었다 홍시가 되는 대로 골라 먹을 것이다.

이번에는 좀 더 먼 곳에서 초청장을 받아 친구 넷이서 월악산으로 떠났다. 지난번 완도에서 군산까지 이박삼일 일정으로 다녀온지 스무 날 만이다. 가을의 역마살이 나를 자꾸 밖으로 끌어낸다.

월악산은 만만치 않다는 말을 들은 터라 마음을 단단히 먹고 덕주사 코스로 길을 잡았다. 평일이어서 그런지 충주 송계리 덕주골 산장은 한가했다. 집을 떠나 한적한 산골에서 밤을 지내는 것도 뒤돌아보는 계기가 될 때가 있다. 헛된 생각으로 밤늦도록 뒤척인다. 산을 오를 때마다 지난 일, 헛된 생각은 '다 버리자, 내려놓고 가자.'고 다짐하면서도 지금 나는 잠을 설치고 있다.

삼십년 동안 신장병으로 소금기라고는 입에 대지 않고서도 교직생활을 탈 없이 마친 김 교장은 코를 골며 깊은 잠에 빠져 있다. 그 옆의 진 과장은 척추에 이상이 생겨 직장을 그만두고 수술을 받았으나 완치가 되지 않아 계속 치료 중인데, 뒤척이는 걸 보니 잠이 오지 않는 모양이다. 떡집을 운영하는 김 사장은 몇 년 전부터 부인과 사이가 어그러져 한랭전선이 가로놓여 있는데 숙면중이다.

공직에서 물러난 뒤 산에 오를 때마다 앞장서 걸으며 '백이십 살까지 끄떡없이 살겠노라' 큰소리치던 나는 얼마 전에 대장 수술을 받았다. 그러고 보니 모두가 온전한 사람이 없지 않는가.

이 월악산에는 덕주산성이라 부르는 성이 있다. 내성, 중성, 하성, 외곽성 등 네 겹으로 쌓았던 흔적들이 남아 있다. 고려 고종 때 몽고의 침입을 막기 위해 쌓았다고 한다. 그 옛날 이 지역 백성들이 얼마나 많은 고통을 겪었는지 가늠할 수 있다. 얼마를 더 거슬러올라가니 높이가 십삼 미터나 되는 마애불상이 근엄한 자세로 우리를 맞는다. 신라의 마의태자가 그의 여동생 덕주공주와 금강산으로 가던 중, 문경 하늘재에 이르렀을 때에 관세음보살의 계시를 받아 이 불상을 세우고 절을 지어 팔년을 지냈다고 전한다.

투박하고 턱진 얼굴, 눈은 감은 듯 반쯤 뜨고 커다란 코 아래의 입술은 꾹 다물고 있다. 나라를 망하게 한 경순왕을 나무라는 것인지, 신라를 고려에 투항하도록 만든 왕건을 못마땅해 하는지 알 수 없다. 천년을 저렇게 입을 다물고 서 있었으니 이제는 부처님 본모습대로 미소를 지을 때가 되지 않았나 하는 생각을 하며 물러났다. 물러나서 보니 불상 위에 석탑이 있고 바로 옆에도 비슷한 석탑이 있다. 우공탑牛功塔이라 한다.

덕주사는 승려들이 불어나고 찾는 백성들이 많아 건물을 더 지으려고 하나 자금이 모자라 걱정하고 있었다. 그러던 어느 날 소 한 마리가 재목을 지고 나타났다. 승려들이 짐을 내려놓자 그 소는 재목 실어오기를 수차례나 했다. 집지을 만큼 목재를 나른 소는 마애불 옆에 쓰러져 숨을 거두었다. 절에서는 부처님이 보낸 소임을 알고 정중히 장례를 치러 그 자리에 불탑을 세웠다.

영봉을 향해서 무거운 발걸음을 옮긴다. 정상이 바로 앞인 듯 보이나 둘레를 한 바퀴 돌아서 가야 하니 아직 멀었다. 월악산은 음기가 넘치는 산이다. 정상으로 오르는 주변에는 치마바위가 많다. 그래서 신은 백성들이 음행을 저지를 것을 염려하여 산 정상에 큰 바위를 내렸는데 그 모습이 여자의 유두와 같다고 한다.

가파른 등산길을 네 시간 반 동안 걸어서 영봉에 올랐다. 사방을 둘러보아도 산뿐이다. 산 속의 산, '달이 뜨면 영봉에 걸린다.'고 하여 붙여진 월악산 정상이다. 만지면 닿을 듯한 하늘엔 산신령 모습을 한 구름이 우리를 지켜보고 있다.

푸르다 못해 검은 색을 띄던 산들은 대부분 노랗고 붉은 빛으로 변했다. 가을은 색체의 마술사다. 큰 바위에 앉아 차를 마시며 이 풍광명미風光明媚에 빠져 있노라니 신선이 따로 없다. 시간이 머무는 듯 넋을 놓고 있다가 저들이 보내는 메시지에 생각이 머문다.

모진 겨울을 견디고 봄에 싹을 틔워 온갖 비바람과 병충해를 이겨내며 키워온 자식들을 떠나보내는 나무는 지금 어떤 심정일까. 보낼 수밖에 없는 운명이기에 물과 영양분을 차단시켜 잎을 떼어내는 나무는 피눈물을 흘렸을 터이고, 그 눈물이 잎사귀에 묻어 단풍으로 되었으리라. 낙엽을 보낸 나무는 지난날의 허무함을 느끼고 있을 것이다.

요염한 자태의 억새나 꽃을 피우고도 열매를 맺지 못하는 가을 야생화는 생을 마감하기 위한 준비과정이다. 이렇듯 식물들은 떠날 때가 가장 아름다운 것이다. 내가 떠날 때는 어떤 모습일까. 숲속에 납작 엎드려 있는 낙엽을 밟는 마음의 무게 때문에 산을 내려오는 발걸음이 가볍지만은 않다.

늦은 가을에 비가 자주 내린다. 거리의 전깃줄에 수백 마리의 제비가 앉아 떠날 준비를 하는 모양이다. 어제는 캐나다에 가 있는 아들에게서 소식이 왔다. 다섯 달도 채 안 되었는데도 보고 싶다. 가을은 그리운 사람들을 생각나게 한다.

답장을 쓰려고 컴퓨터 앞에 앉았으나 도무지 마땅한 말들이 떠오르지 않는다. 열었다 닫았다 하기를 수십 번, 이 가을이 가기 전에 서투른 편지 한 통이라도 띄울 수 있을는지…….

가을은 이별을 위한 준비의 계절인성 싶다. (2012)

산사의 그 빗소리는

연일 35도를 넘나드는 폭염으로 베란다의 화초들이 몸살을 앓고 있다. 화초라야 천리향, 인삼벤자민, 재스민, 새우란 등 키우기 쉬운 대여섯 분盆이 고작이다. 이것들은 지인들로부터 받은 것으로 수돗물을 가끔씩 부어주기만 해도 잘 자란다.

식물들은 봄에 싹을 틔워 잎과 가지를 만들다가 기온이 낮아지면 멈추는 줄로만 알았다. 그런데 천리향과 인삼벤자민을 키우면서 이런 내 생각이 잘못되었다는 사실을 알게 되었다.

천리향은 꽃을 피워 그 진한 향기를 보내고 나면, 꽃잎만 떨어내고 꽃자루는 두 개의 잎사귀를 만들어 작은 꽃눈 하나를 품고 열 달을 침묵한다. 벤자민은 새잎을 만들 때는 달고 있던 잎사귀 하나를 떨어낸다. 버리고 채우는 이치를 철저히 실천하는 셈이다. 이런 특성 때문에 분재로서는 별로 볼품이 없어 내다버리려 했던 적도 있었다.

비 내리는 날은 화분들을 밖에 내놓아 빗물을 먹게 하고 먼지를 씻어준다. 근래 들어 이것들의 늘어진 잎사귀에는 먼지가 쌓여 있다. 소나기라도 뿌려주면 좋으련만 하늘은 구름 한 점 없다. 날씨 탓인지 내 몸이 마음을 따르지 못하는 걸 보면, 베란다의 화초처럼 나도 바깥바람이 그리운 모양이다.

마침 아내 모임에서 사찰순례 겸 산행을 한다기에 따라나섰다. 김포공항에서 승합차로 여섯 시간을 달려 도착한 곳은 백담사였다. 한때 나라를 쥐어흔들었던 인사가 수년간 머물렀다는 요사채에는 양은 세숫대야와 합성수지로 만든 함지박이 놓여 있다. 어린아이 목욕시킬 때나 쓰임직한 함지박이 그분에게 요긴하게 쓰일 줄이야 누가 짐작이나 하였을까. 한 치 앞도 모르는 것이 인생이라더니, 옆 기념관에서 만해 선생이 물끄러미 쳐다보고 있을 것만 같다.

숲과 물길을 따라 걷노라면 다람쥐가 마중한다. 쉬고 있으면 어느새 나타나서 발밑까지 오가며 먹을 것을 달라고 조른다. 빵조각을 던져주면 얼른 물고 가서 먹고는 다시 온다. 이러다 다람쥐까지 식성이 변하지 않을까 걱정된다.

산에서 만나는 것들은 어찌 그리 잘 통하는지, 계곡물이 쉬어가라며 나를 부른다. 잠시 걸음을 멈추고 손을 담가보지만 한여름인데도 너무 차가워 얼른 거두어버렸다.

네 시간을 걸어서 봉정암에 당도했다. 해발 일천이백여 미터에 자리한 이 암자는 자장율사가 당나라에서 부처님 진신사리를 모시고 봉안할 터를 찾던 중, 봉황의 안내로 부처바위를 만나 그 위에 오층탑을 세우고 뇌사리腦舍利를 모셨다고 전한다.

큰 산일수록 품을 것이 많아서인지 햇볕은 이미 떠나보내고 없다. 공양을 마친 사람들은 철야기도를 하려고 자리다툼을 벌이고 있다. 공양간에서 미역국에 밥을 말아 한 그릇 비우고, 미리 예약한 요사채로 향했다. 방에는 가로 두 뼘 반, 세로 다섯 뼘의 선을 그어 스무 개 정도의 네모 공간을 만들어놓고 번호를 붙여놓았다. 등을 벽에 기대고 앉아 다리를 뻗기에도 모자랄 정도다.

일행들은 법회에 참가한다며 나가고 없다. 나도 부처님께 삼배나 올리려고 적멸보궁寂滅寶宮을 찾았으나, 법당 앞뜰에까지 신문지나 비닐을 깔고 기도하는 사람들로 인산인해를 이루고 있다. 나는 선 채로 합장을 하고는 오솔길을 따라 오층탑으로 향했다. 그곳에도 백팔배를 올리는 사람들로 발 디딜 틈이 없다.

열 시가 되어 전등이 꺼지자 산사는 모든 번뇌가 경계를 떠난 듯 고요하다. 일행들은 아직도 부처님께 매달리고 있는지 자리가 비어 있다. 그 틈을 타서 다리를 뻗고 누었다. 금시 허공 속으로 빨려들어가듯 정신이 몽롱해지면서 잠이 들려는데, 갑자기 창밖에 비 듣는 소리가 들린다. 벌떡 일어나 문을 열고 둘러보았으나 하늘에는 별들만 분주하다. 다시 드러누워 잠을 청해보지만, 잠들만 하면 들리는 빗소리에 눈은 다시 말똥말똥해진다.

한참을 뒤척이다 밖으로 나오니 아직 품이 덜 자란 달이 이 산에 비스듬히 안겨 있다. 기도하다 지친 사람들이 신문지나 옷가지로 얼굴을 가리고 웅크려서 한뎃잠을 잔다. 법당에는 합장을 한 채 기도하는 신도들로 열기를 뿜는다. 저들은 무엇을 저토록 간절히 빌고 있는 것일까. 버릴 것이 많아서인가 아니면, 채울 것이 모자라서인가.

나는 이곳저곳을 어루더듬으며 걷다 어느 나무 밑의 조그만 돌 위에 걸터앉았다. 만물이 모두 잠든 듯 나무도 미동조차 하지 않고 달도 명상에 잠겨 있다. 그 적막을 깨는 것은 계곡과 하늘을 넘나드는 낭랑한 독경음과 청아한 목탁소리뿐이다. 이곳은 본시 비우고 내려놓는 곳이거늘, 저 목탁 소리는 어둠 속에 버린 중생의 번뇌를 깨우는 것만 같아 조심스럽기까지 하다.

나는 눈을 감고 이성선 시인의 마음을 헤아려본다.

달의 여인숙이다
바람의 본가이다
거기 들르면 달보다 작은
동자 스님이
차를 끓여 내놓는다
허공을 걸어서 오지 않은 사람은
이 암자에 신발을 벗을 수 없다

일어서서 나무를 흔들었다. 달이 깜짝 놀란 듯 구름치마를 걸치고 달아난다. 달아나는 구름을 좇아 더 높은 지대로 올랐다. 달은 지금 어디로 향하고 있는 걸까. 저 캄캄한 우주에 달만이 아는 길이 있던가. 돌이켜보면 나도 평생 어떤 길인가를 걸어온 것이 분명한데, 그 길이 무엇인지 설명할 수 없으니 안타까운 일이다.

밑으로 내려다보니 오층탑이 어슴푸레하게 시야에 들어온다. 탑 안에는 부처님이 계시고 옆에는 사람들이 새우잠을 자고 있다. 부처님은 좋으시겠다. 주위에 제자들이 많으니 외롭지 않고, 떠나는 달을 보고도 아쉬워하지 않을 테니까. 나는 달과 탑을 번갈아 보아가며 넋을 놓고 우두커니 서 있었다.

얼마나 지났을까. 사람들이 새벽기도 드리러 사리탑으로 오는 발걸음 소리를 들으며, 요사채로 돌아와 누웠는데 그새 잠이 들었나 보다. 일행이 깨우는 바람에 눈을 떴을 때는 사람들이 아침 공양을 하고 있었다.

주먹밥 한 덩이를 받아 배낭에 넣고 하산하는 발길이 이상하리만치 가뿐했다.

산행에서 돌아온 뒤로 천리향과 인삼벤자민에 더욱 호감이 간다. 키우기 쉬운 나무로만 알고 아무렇게나 대했던 내가 괜스레 쑥스럽다. 하마터면 나와 인연을 끊을 뻔했던 이 화초들은 이제 영원한 동반자가 되었으면 좋겠다. 세상에는 인연 아닌 것이 없다는데, 그것을 알고도 실천 못하는 내가 답답하기만 하다.

산사에서 들은 그 빗소리는 환청이었을까 아니면, 달이 부르는 소리였을까. 참으로 궁금하다.

그날 이후, 나는 잠을 설치는 밤이면 조용히 눈을 감고 그 빗소리를 기다리곤 한다. (2009)

토종감나무

10월은 감나무가 자태를 뽐내는 달이다.

너무 노랗지도 붉지도 않은 주황색 열매의 매끈한 몸매와 피부는 혼기를 앞둔 여인처럼 탐스럽다. 그 수줍은 알몸을 살짝 감싸주는 저 넉넉하고 포근한 잎사귀들. 가지마다 많은 열매를 달고, 모진 비바람과 뜨거운 햇살을 견딜 수 있었던 것은 그 잎사귀 덕분이리라.

우리 농장에는 대여섯 그루의 감나무가 있는데, 그 열매의 모양과 크기가 모두 다르다. 주먹만한 것에서부터 포도 알처럼 작은 것도 있고, 둥그런 것, 길쭉한 것, 넓죽한 것, 울퉁불퉁한 것 등 제각각이다. 그 중에서도 나는 20여 년 전에 어머니가 심으신 이 토종감나무가 정겹고 마음에 든다.

내가 어릴 적 살던 집 마당에는 큰 토종감나무가 한 그루 있었다. 열매가 둥그스름 납작하고 껍질이 얇아 모양도 예쁘고 맛도 좋았다. 이 나무는 부모님이 일본에 거주하시던 일제강점기에는 홀로 되신 할머니와 함께 하였고, 해방 후 4 · 3사건으로 온 마을

이 소개疏開하였을 때에도 텅 빈집을 잘 지켜주었던 수호신이었다.

여름철이면 나는, 이 나무 밑에 멍석을 깔아놓고 숙제도 하고 책도 읽다가 졸리면 낮잠을 자기도 하였다. 때로는 나무에 올라 세 갈래로 갈린 가지에 걸터앉아, 지그시 눈을 감고 나의 미래를 설계해보는 희망의 나무이기도 했다.

어머니는 할머니가 늘 해왔던 것처럼 해마다 갈옷을 만들었다. 풋감을 따서 큰 함지박에 넣고 덩드렁마께로 잘게 빻아 무명 옷감에다 감물을 들인다.

옷감을 주무르다가 쥐어짜기도 하고, 발로 밟으면서 먼 산을 바라보기도 한다. 어머니는 감물을 들이면서 무슨 생각을 했을까. 고된 삶에 찌든 사연들을 짓이기며 회한을 풀고 싶었을 것이다. 멍든 가슴의 흔적들을 희망으로 물들이고 있는지도 모른다. 나는 함지박 옆에 쪼그리고 앉아 감씨를 골라먹었다. 감이 마께에 얻어맞아 톡톡 깨어지는 소리도 재미있었지만, 감물을 들이고 나면 떫은맛은 모두 옷감에 배어서 감씨는 달짝지근하고 쫄깃쫄깃한 감칠맛이 났다.

올해도 아내는 갈옷을 만든다며 풋감을 땄다. 나는 감씨나 얻어먹을 요량으로 집에서 감을 빻자고 하였더니 함지박도 없고, 막께도 없다면서 방앗간에 가서 갈아버려 서운한 생각이 들었다.

10월은 초등학교 운동회가 열리는 달이다.

어머니는 운동회 때마다 '우린감'을 만들었다. 항아리에 짚을 깔아 감을 넣고 다시 짚으로 덮어 물을 적당히 뜨겁게 데워 부은 다음, 뚜껑을 닫아 담요나 이불로 감싸서 온돌방에 놓아둔다. 이삼일 후에 다시 한번 물을 갈아주는데, 이때 가장 중요한 것이 물의 온도이다. 온도가 안 맞으면 떫은맛이 없어지지도 않거니와 맛도 없게 된다.

이렇게 우려낸 감은 달콤새콤하며, 그 향기는 잘 익은 총각김치 같기도 하고, 막걸리 냄새, 커피 냄새와 같은 복합적인 향과 맛이 어우러져서 전혀 새로운 과일로 변신한다.

운동회 날은 우린감 잔치를 벌이는 날이다. 흰쌀밥은 아니지만, 반지기밥에 갈치나 고등어 같은 생선구이와 '우린감'을 후식으로 마음껏 먹을 수 있으니까.

나는 운동회 때마다 '우린감'을 만들었던 어머니의 마음을 이제야 저 감나무를 보면서 조금이나마 알 수 있을 것 같다. 사과, 배, 홍시와 같은 과일들을 사줄 수 없으니까 '우린감'으로 대신하려 했던 것이다. 흰 쌀밥을 먹일 수 없어 팥으로 붉게 물들인 점심을 내놓으며 "반지기밥이 쌀밥보다 맛있다"고 하던 말씀이 생생하게 떠오른다. 100환짜리 동전 몇 개를 내어주며 "엿이나 사 먹어라"고 하시던 어머니의 눈빛을 이제야 읽을 수 있을 듯하다.

90을 바라보는 나이에도 어머니는 김을 매고, 노는 땅을 일구어 호박, 배추, 마늘 같은 채소며 콩을 심었다가 자식들이 오면 나누어준다. 이렇게 하는 일이 당신에게는 즐겁다고 한다. 이러한 어머니의 모습을 앞으로 얼마나 더 뵐 수 있을는지……. 7남매를 키우면서 평생을 고생해오신 어머니지만, 지난날의 이야기만 나오면 눈물부터 흘리는 어머니시다. 나는 지금까지도 따뜻한 위로의 말씀도 제대로 건네지 못하며 살아왔다.

감나무에는 어느 틈에 직박구리 세 마리가 날아와서 감을 쪼아 먹고 있다. 벌써 여러 개의 감들이 새 부리에 살점이 찢겨나가 껍질만 덩그러니 매달고 있다.

주파수가 통했는지 아내가 광주리를 들고 와서 감을 따자고 한다. 나는 나무에 올라가 감을 따고, 아내는 조심스레 받아서 광주리에 담아 볏짚을 깐 항아리에 넣고 뚜껑을 닫았다. 앞으로 열흘쯤 지나면 세상에서 가장 맛있는 과일을 먹을 수 있으리라 기대하면서…….

30여 년 전에 내가 살던 그 자리에는 초가집도 감나무도 사라졌다. 어머니는 그 애환이 깃든 감나무를 잊지 못해 이 나무를 심었던 것이다. 나는 이 나무를 어머니 나무라 부르고 싶다. 이제, 가슴 가득 품었던 감들을 모두 떠나보낸 저 나무는 얼마나 허전할까? 내가 너무 경솔했나 보다. 그것이 바로 어머니의 마음이 아닐까 싶다. 올 겨울 어머니가 심한 몸살이나 앓지 않았으면 좋겠다.

어서 봄이 와 연두색 새싹이 피어나는 모습을 어머니께 보여드렸으면 한다. (2006)

겨울산

올해도 나는 새해 첫날 한라산 정상에 올랐다.

정년퇴직을 앞두고 새해를 맞는 마음이 불안하기도 하여 시작한 것이 어느덧 열두 해째이다. 그동안 두 번은 기상 악화로, 한 번은 지독한 감기로 거르게 되었다

서너 시간 동안 가쁜 숨을 달래가며 백록담에 이르면 첫 인사가 모질다. 북쪽에서 불어오는 한풍을 분지 안으로 끌어들였다가 밖으로 쏟아내니 그 위력을 감내해야 한다. 바위를 방패삼아 칼바람을 피하며 마시는 커피 한 모금으로 언 몸을 녹인다.

어느 해이던가. 십여 년 만에 많은 눈이 내려 무릎 위까지 쌓인 등산로를 따라 힘겹게 백록담에 도착했을 때, 나는 처음으로 산의 황홀감을 느낄 수 있었다.

하늘은 펄쩍 뛰면 만질 수 있을 만큼 내려와 있고, 태양은 잡다한 훼방꾼들을 모두 내몰아 새해 첫날을 찬란하게 열어주고 있다. 땅과 바다가 맞닿은 곳에는 회색구름으로 띠를 둘러 바다를 가려놓았다. 이 파란 하늘을 바다와 견주어 보지 말라는 뜻인지,

아니면 곧 사라질 대지의 멋진 풍광을 새어나가지 못하도록 가두어 놓은 것인지는 알 수 없다. 이 설경과 하늘과 태양 그리고 바위와 나무들……. 지금까지 수십 번은 이 곳을 다녀갔지만 이런 풍광명미風光明媚한 모습은 처음이자 앞으로도 보기 어려울 것이리라.

장정 대여섯 명이 웃통을 벗고 눈으로 몸을 문지르며 함성을 지른다. 사람들이 부러운 눈으로 박수를 보낸다. 나는 그들의 젊음과 용기와 열정을 슬그머니 훔쳐 배낭에 넣고 산을 내려왔다.

나는 철이 바뀔 때마다 산의 새로운 모습을 접하게 된다.

봄산은 새 생명을 탄생하는 산고의 아우성으로 야단법석이다. 이곳에서는 생명의 소중함과 강인함을 느껴 마음이 설레고 무엇인가 해보고 싶은 의욕을 불러일으킨다. 그러면서도 높은 산 기스락에 매달려 갖은 풍파와 한설을 이겨내고 꽃을 피운 들풀에서는 차라리 성스러워 저절로 고개를 숙이게 된다.

여름산은 넉넉함과 푸근함을 보여준다. 엉성하고 볼품없던 자연을 푸른빛으로 덮어 만물을 품안으로 감싸안는다. 빈부나 지위의 고하, 선악 구별 없이 모두가 평등하고 공평하다. 그러면서도 서로 경쟁하며 질서를 유지하고 있다. 지나친 욕심을 부려 가지와 잎을 너무 키우면, 바람이 적당한 제제를 가한다.

가을산은 낭만을 데리고 온다. 형형색색의 나뭇잎들을 마주하고 있으면 어디론가 떠나고 싶은 충동을 느껴, 하늘에 떠다니는 흰 조각구름이 되고 싶을 때도 있다.

누가 가을을 풍요로운 수확의 계절이라 했던가.

그러나 나는 빨갛게 익어가는 과일들을 보면, 풍요로운 느낌보다는 내가 거두어드릴 열매가 없다는 생각에 허전한 느낌이 든다. 곱게 물든 단풍잎을 바라보며 나도 저렇게 아름답게 마칠 수 있으면 좋겠다고 여기면서도 떨어질 날이 얼마 남지 않았다는 생각을 하면 우울해지고 만다. 그래서 커피를 한 잔 마시고 슬며시 자리를 뜨곤 한다.

몇 년 전부터 나는 겨울산을 더 좋아하게 되었다. 봄, 여름, 가을산은 거의 변화가 없는 모습이지만, 겨울산은 시시각각 여러 모습으로 변하여 많은 것을 보여주기 때문이다. 파란 하늘에 온화한 모습으로 있다가도 느닷없이 검은 구름과 함께 싸락눈을 몰아치기도 하고, 때로는 온 산을 흰 눈으로 덮어씌워 조용히 잠을 재우기도 한다.

맨몸으로 나란히 서서 참선에 들어 있는 나무들을 보면 경외감이 든다. 살며시 다가가 어루만져 본다. 젊은 나무는 매끄럽고 윤기가 있으며 노목은 거칠고 주름졌으나 품위가 있다.

사이사이에 옷을 입은 채 웅크리고 있는 나무들이 있다. 저들은 왜 옷을 입고 있는데 떨고 있을까. 눈이라도 많이 내리면 입은 옷에 달라붙어 그 무게 때문에 가지가 꺾이고 허리가 다친다. 이들은 본디 따뜻한 지방이 고향일진데 어쩌다 이곳에 정착하게 되었는지, 식물의 세계에도 운명이라는 것이 있는 것은 아닐까.

따뜻한 지방에서 태어났으면 편안히 지낼 수 있을 터인데 기구한 운명을 타고나서 이 나목촌에 끼어 살면서 고생하게 되었으리라. 문뜩 고려인들이 소련으로 끌려가서 그곳에 정착한 우리 동포들을 생각한다.

이런저런 생각을 하다가도 하얀 눈이 내려 온 산을 덮어버리면 내 마음도 하얗게 변하여 어린애가 되고 만다. 그래서 나는 겨울 산을 좋아한다.

요즘 나는 홀로 산을 오르는 버릇이 생겼다. 가슴 속에 가두어 둔 상념들을 풀어놓기 위해서이다. 산에 가면 이 녀석들이 뛰쳐나와 우주 속으로 달려나가 뛰어놀다 아주 다른 모습으로 변하여 돌아온다.

이들을 맞아들이기 위해서는 마음의 문을 활짝 열어놓아야 한다. 그러니 산을 오르는 시간보다 내려가는 시간이 훨씬 더 걸리고, 오를 때보다 내려가는 일이 어렵다는 것을 깨닫게 된다.

근래 들어 시력이 많이 약해서 안과를 찾았더니 안구건조증과 백내장 증상이 있다 한다. 나이가 들면 자연스럽게 찾아오는 현상이니 더 나빠지지 않게 관리를 하다 심해지면 수술을 하라고 한다.

나도 이제 공자가 주역을 완성하고 나서 도를 깨친 나이가 되었으니, 가까운 것 작은 것은 보지 말고 멀리 큰 것만 보라고 하는가 보다.

'인생은 가까운 데서 보면 비극이고 멀리서 보면 희극이다'라는 말을 떠올린다.

나는 지금 어디쯤에 와 있는가. 세상에 하나 밖에 없는 명작들을 전시한 이 갤러리에 오면, 내가 걸어온 길과 앞으로 갈 길을 가늠해보게 된다.

겨울산에서는 더욱 그렇다. (2017)

악마의 선물

내가 냉장고 문을 열고 맨 먼저 찾는 것이 막걸리다. 만약 그것이 보이지 않으면 친구 집을 방문하여 만나지 못하고 돌아서는 마음처럼 허전하다.

이런 나를 마치 상당한 애주가이거나 술을 많이 마시는 줄로 알겠지만 사실은 그렇지 않다. 한 잔만 마셔도 얼굴이 벌겋게 달아오르고 조금 과하면 구토를 일으킨다.

내가 막걸리를 좋아하게 된 동기는, 무더위가 기승을 부리던 어느 여름 날 친구들과 산행을 마치고 점심을 먹으며 한 잔 한 것이 계기가 되었다. 그 뒤로 농장에서 점심때마다 한 잔씩 하다 보니 피로회복과 갈증에 도움이 되어 친구처럼 대하게 되었다.

나의 술 이력은 고등학교를 졸업하고 고향인 시골에서 지낼 때부터 시작된다. 그 시절에는 술이 귀하고 값도 비쌀 뿐만 아니라, 가까운 곳에 상점이 없어서 누구나 쉽게 마실 형편이 못되었다. 그래서 명절이나 경조사 때에 손님 접대로 나오는 공짜 술을 마시는 게 일반적이었다. 술은 요즘 커피 잔만한 종지에 30%의 소주를 한두 잔 대접하는 것이 기본이다.

그러나 술꾼에게는 모처럼의 기회를 그냥 넘길 수 없다. 옆에 있는 술 못 마시는 사람 몫까지 받아 마시다 보니 길거리에 쓰러져 나뒹구는 사람이 몇 명은 있었다.

직장을 다니면서 술 마시는 기회가 늘었다. 회식 자리에서 상급자가 내미는 잔을 조금씩 받아 마시다 보니 취하지 않을 수 없었다. 이때 병풍집이라는 곳도 가보고 2차, 3차를 거치며 마시는 것도 알았다.

출장을 나가면 구멍가게에서 깍두기 안주에 술 마시는 사람들을 자주 만난다. 이들은 무조건 술을 권한다. 돼지 추렴하는 사람들을 만나면 추렴도 같이 했다.

세월이 흐르면서 많은 술집이 생겨나고 술 문화도 변하여 고급스러워졌다.

어느 회식자리에서다. 언제나 그렇듯이 첫잔은 참석자 중에서 가장 상급자가 인사말과 함께 건배사를 하게 된다. 위하여! 구호와 동시에 소주잔을 순식간에 비우더니 종업원에게 맥주 컵을 가져오라고 소리지른다.

컵이 나오자 소주를 가득 채워 단숨에 마시고는 컵을 뒤집어 머리 위로 탈탈 털더니 '왼쪽으로 돌려!' 한다. 단 조건이 있다. 마시다가 입을 떼어서도 안 되고, 남겨서 다른 잔에 부으면 다시 새로 시작한다.

바로 옆 자리에 앉아 있는 내가 첫 번째 차례다. 직원들 눈이 나에게 몰려 있다. 술에 약한 줄 아는 동료들이 내 처신이 궁금했던 모양이다. 나는 일어서서 눈을 꼭 감고 단숨에 그 임무를 완수해내었다. 박수가 터져나왔다.

나는 술에 취하면 조는 버릇이 있다. 그날도 회식이 있어 단란주점으로 자리를 옮겨 노래와 춤으로 한참 흥을 돋우었다. 맥주잔이 몇 차례 돌고 나서 나는 의자에서 졸고 있었는데, 얼굴에 갑자기 냉기를 느껴 깨어보니 누가 머리에 맥주를 부어대고 있었다. 상관이 앉아 있는데 건방지게 자고 있다는 것이다.

우리 아파트 위층에는 직장 동료 부부가 살았다. 술을 너무 좋아해서 거의 매일 술을 마셨다. 어느 여름 날 그는 술에 취해 밤늦게 슬그머니 들어와서, 거실 소파에 드러누워 잤다.

안방에서 자고 있던 노인이 화장실을 가려고 나와 보니, 아래층 젊은이가 발가벗고 술에 취해 곯아떨어져 자고 있는 게 아닌가. 노인은 못 본 체하고 방으로 들어와 문을 닫아버렸다. 새벽에 잠이 깬 그는 몰래 도망쳐 나왔다.

술의 기원은 인류의 역사와 같다고 알려져 있다. 그만큼 술은 인간 생활과 밀접한 관계를 유지해오면서 많은 영향을 끼쳤다. 혹자는 '술은 악마가 인간에게 준 선물'이라고도 한다. 술을 마시면 처음에는 솔직한 심정을 털어놓다가 신세한탄으로 비화되고, 감정이 더 솟구치면 분노로 폭발한다. 그리고 술이 깨면 후회막

급이다.

그래서 선조들은 술 마실 때 지켜야 할 예의를 가르쳤다. 술을 처음 배울 때는 웃어른 앞에서 마셔라. 술을 권할 적에는 잔에 남은 술을 마셔 바로 드리되, 양손으로 술병을 잡아 잔과 병이 닿을 듯 말 듯이 하여 잔이 8할 정도 차도록 따른다.

술잔을 받을 때에도 양손으로 받아 한 모금 마시고 내려놓되, 어른 앞에서는 고개를 옆으로 돌려 마셔야 한다. 큰 소리로 말을 하지 말며, 자리에 없는 사람의 흉을 보아서도 아니 된다.

그러나 예나 지금이나 변치 않은 것은 중요한 일의 시작과 끝은 술로 이루어진다는 점이다. 일이 잘 안 풀리면 술자리로 풀었고, 역적모의도 혁명도 술자리에서였다.

사람의 본성을 알려면 만취할 때까지 술을 마셔보고 노름을 해보라는 말이 있다. 술은 분명 사람과 사람의 관계를 결집시키는 마력이 있는 듯하다. 서먹하던 사이도 술 한 잔에 가까워지고, 다투었거나 오해를 샀던 일도 술로 풀었다. 술 마실 때 실수하거나 감정 상했던 일은 다음 날 사과 한마디로 관용되었다.

설사 술이 악마가 내린 선물이라 할지라도 정심으로 대하면 최고의 선물이요, 거칠게 다루면 마술에 걸려든다.

술은 누구와 마시느냐에 따라 다른 영향을 미친다. 나는 가족과 함께 마실 때가 가장 즐겁고 행복하다. 술은 향수를 불러오고 잊었던 추억을 들추어낸다.

때로는 번뜩이는 아이디어도 데려다주어, 잠재워두었던 컴퓨터의 자판기를 작동하게 만든다.

나는 가끔 술에 취해보고 싶을 때가 있다. 그럴 때는 친구들이나 단체 모임 같은 여러 사람과 어울려 마신다. 그리하여 마음속에 쌓여 있는 찌꺼기들을 술잔에 담아 넘겨버린다.

마술에 걸릴 줄 알면서도 막걸리를 가까이 하는 나는 이미 악마의 손에 잡혀 있는 것일까. (2019)

딸에게 띄우는 편지

근래에 들어 청문회가 자주 열린다.

얼마 전에는 우리 아파트에서 재건축 시공사 선정을 위한 조합원 투표가 있었다. 이 두 가지 사건을 지켜보면서 나는 큰 충격을 받았다. 세계에서 열 손가락 안에 드는 경제 대국이라는 이 나라가 왜 이 지경일까.

아버지가 초등학교 교사를 잠시 지냈던 것을 비롯하여 나와 너까지 포함하면 우리 가족은 3대가 공무원을 이어가고 있다. 그런 너를 보면 나는 속으로 늘 흐뭇한 마음을 느낀다.

나는 급속도로 변화하는 시대에 태어나서 37년여 세월을 공무원으로 지내왔다. 이러한 내 생애가 너의 인생살이에 도움이 되고 안 되고는 차치하고, 공직자는 생각과 행동이 일반인과는 달라야 한다는 것을 들려주고 싶어 이 편지를 띄운다.

요즘도 취직하기 힘들다고 하지만, 그래도 마음만 먹으면 먹고 살 만한 일거리는 찾을 수 있다. 나는 고등학교를 졸업하고 농사일을 도우며 1년을 보내다가 무언가를 이뤄보겠다는 희망을 품고 서울로 올라갔다. 우유 장사를 하는 고향 친구를 도우며 일자리를 알아보았으나 찾지 못하고 수개월을 보냈다.

광고를 보고 어린이 학습지를 발간한다는 작은 사무실을 찾아갔다. 보증금을 내고 그곳에서 숙식을 해결하며 지냈다. 그렇게 몇 달을 준비한다던 학습지는 발간해보지도 못하고 사장은 자취를 감추고 말았다.

수소문 끝에 찾아간 곳은 세검정에 있는 도로를 개설하는 공사장이었다. 여러 명이 합숙하며 공사판 일을 했다. 그것도 선착순이어서 일찍 가서 줄을 서야 일을 할 수 있었다.

아는 분의 소개로 창호지 만드는 수공예 공장으로 갔다. 희망이 안 보였다. 공부나 해볼 요량으로 부여에 사는 5촌 당숙댁으로 내려갔다. 놀면서 남의 밥 얻어먹기가 괴로워서 고향으로 내려왔다. 2년여 세월을 보내는 동안 세상살이가 만만치 않음을 터득했다.

내가 공무원이 된 동기는 오직 먹고 살기 위해서였다.

어느 날 이장 집에 놀러 가서 신문을 펼쳤더니 지방공무원 모집 공고가 눈에 띄었다. 이거라도 해볼까. 그길로 버스를 타고 시내로 나가 응시원서를 내고, 시험 관련 서적 두 권을 사서 공부하여 시험을 치렀다. 운이 좋았던지 합격자 명단에 이름이 올랐다.

1969년 3월 2일, 제주시청에서부터 공무원으로서의 첫걸음을 내딛게 되었다. 사회생활이라고는 아무것도 모르고 시작한 말단 직원은 그야말로 잔심부름꾼이나 다름없었다. 선배들의 당직근무를 도맡아 했고, 출장 간다며 모두 자리를 비우면 전화 받는 일이 하루 일과였다. 그렇게 업무를 익혀가며 6개월이 가까워 올 무렵 동사무소로 발령이 났다. 전혀 예상치 못한 일에 큰 충격을 받았다. 공무원 사회에도 줄이 있어야 된다는 사실에 절망을 느꼈다. 그 후 석 달 뒤에 군에 입대하였다.

3년간의 군복무를 마치고 깊은 고민에 빠졌다. 줄이 없는 공직사회는 희망이 없다는 생각 때문이었다. 그러나 다른 뾰족한 수가 없어 복직하게 되었다.

이때 새마을운동이 본격적으로 추진되기 시작했다. 마을마다 골목길을 넓혀 시멘트로 포장하고, 초가지붕을 슬레이트로 바꾸어 페인트칠을 하고, 돼지 키우는 재래식 변소를 수거식으로 개량하는 등 일대 혁신을 일으켰다. 이 일의 선도적 역할을 공무원이 했다. 마을 담당제를 통하여 추진상황을 매일 점검하고 보고하였다. 당시는 새마을사업이 법보다 상위 개념이어서, 시멘트와 밀가루 이외에는 지원이 없을 뿐만 아니라, 길 확장에 편입되는 토지까지도 모두 자진 헌납하는 형태로 이루어졌다. 이 사업은 마을단위로 희망하는 데에만 지원하였기 때문에 누구도 불만을 나타내지 못했다.

한때 나는 7급으로 새마을과에 근무하였는데 매일 저녁 10시 전에 퇴근해본 적이 없었다. 6급으로 승진하면서 동사무장으로 근무하다 청소계장으로 자리를 옮겼다. 제주도에서는 처음으로 전국행사인 소년체전을 준비하고 있었다. 가로 청소와 쓰레기 처리를 위해 새벽에 시내를 돌며 미화원들을 독려해야 한다.

행사 한 달쯤 앞두고는 새벽부터 밤늦게까지 일을 했다. 어느 날 목욕하고 나와 옷을 입다 그 자리에 쓰러져 졸도하고 말았다. 다행히 오래지 않아 깨어났다.

아는 지인의 도움으로 백그라운드가 없으면 어렵다는 도청으로 상륙했다. 그 후 6년여 만에 사무관 시험 응시자로 추천되어 경쟁을 치르고 합격하였다.

그 무렵 광역자치단체는 의원과 도지사를 선출하는 민선시대로 전환되었다. 이때부터 공무원들은 파벌이 생기기 시작했다. 특히 5급 이상은 더 심했다. 선거 때가 되면 기관장 눈치 보느라 곤욕을 치른다. 공무원은 중립적이어야 한다는 논리는 교과서 이론이고, 실제로는 이도저도 못 끼는 따돌림을 당한다.

그런 와중에도 과장으로 승진했다. 과장은 읍면동 담당제로 할당하여 행정지도라는 미명하에 출장을 자주 다니며 동향파악과 도정홍보를 곁들인다. 관내의 유력 인사들의 경조사도 돌아보며 조화와 축의금을 전달한다.

정년을 몇 년 앞두고 지역항공설립 행정지원단장이 되었다. 섬 지역인 제주도는 뭍 나들이 할 때 주로 항공기를 이용하는데, 독과점한 두 항공사의 횡포가 심했다. 따라서 제주도는 도가 출자하는 저비용 항공사를 설립하여 도민들의 교통난을 해결하려 했다. 그러나 의회와 사회단체에서는 기술이나 자본력이 대기업과 경쟁에서 뒤져 실패할 우려가 있다면서 반대하였다.

나는 이 사업이 반드시 필요한 과제라 여기고 공직의 마지막 사명감으로 최선을 다하여 항공사를 설립했다. 이로써 제주도는 물론 우리나라 항공정책의 역사적 대전환을 이룬 계기가 되었다.

나는 공직에 있는 동안 인사 청탁을 해본 적이 없다. 청탁할 만한 아는 인사도 없을 뿐더러 직접 찾아갈 용기가 없었다. 그러나 주변에 있는 지인들의 도움은 많이 받았다. 그래서 소위 요직 자리에는 가보지도 못했고, 승진 시에는 늘 중간에 끼었다.

퇴직하고 나서야 나는 공무원 선택하기를 참 잘 했다고 생각되었다. 현직에 있을 때는 불만도 많았고, 사직서도 썼다 찢기를 여러 번 했으나 잘 극복했다고 생각한다. 공무원이 안 되었으면 무엇을 했을까. 아마도 평범한 농부로 살고 있었을 것이다.

청문회를 보면서 저렇게 윤리와 도덕의식이 결여된 자가 고위공직자가 된다면 이 나라의 장래는 희망이 없다고 생각한다. 60~80년대에 공무원을 한 세대들은, 보릿고개를 넘기기 힘들었던 이 나라를 이만큼 잘 살게 만드는 데에 크게 일조했다는 자부심을 가지고 있다. 보수도 적고 힘들었지만 잘 살아보겠다는 의지와 집념이 있었다. 공직자는 국가를 운영한다는 신념으로, 언제나 가정이나 사적인 일보다는 공적인 업무를 우선으로 여겼다.

우리 아파트 재건축에는 대기업 3개 회사가 경쟁하였다. A와 B

사는 1년 전부터 소위 바람잡이라고 하는 조합원을 확보하여 치밀하게 파고들고, C사는 정당하게 기술력과 사업으로 경쟁하겠다며 입찰 제안서 제출 후에야 직원들이 홍보활동에 나섰다. 제안서는 C사가 유리한 조건을 제시하고 있었다. C사가 유리할 듯이 여론이 돌더니 투표일 일주일 전부터 B사가 금품을 뿌린다는 풍문이 돌고 결국은 압도적으로 채택되었다.

나는 이번에 대기업 직원들이 하는 것을 보고 느낀 바가 크다. 저렇게 수단방법을 가리지 않고 치열하게 경쟁하면 그 스트레스를 어떻게 풀 것인가. 돈과 승진이라는 조건을 내걸고 직원들 간에 무한경쟁심을 유발하여 성과를 올리려는 회사나, 거기에 적응하는 직원들 모두 놀랍기만 하다.

사랑하는 딸아!

나는 너가 대견하고 자랑스러우며, 고맙고 미안하다.

어려서부터 모든 일을 스스로 알아서 해냈고, 결혼해서는 두 아이를 키우면서 직장생활을 하는 너를 보면서 나는 감동하고 있다.

그리고 바쁘다는 이유로 추억거리 하나 남겨주지 못한 내가 너무 미안하다. 부디 양심에 부끄럼 없는, 국민을 위하여 봉사하는 공직자가 되기를 바란다.

사랑한다, 내 딸! (2019)

04

인걸의
맥을
찾아서

우보살

미인 열전

부엉이 바위

용의 눈물

솥바위의 전설

자라가 나온 터

천자지지天子之地

인걸의 맥을 찾아서

서생원전

우보살

그대는 누구시며
어디서 왔더이까

열반하신 고승이
못다 한 업보를 풀려고
돌아오셨나이까
아니면
한평생 일만하다 떠난 짐승이
이제는 중생을 구원하러 오셨나이까

구원겁 생을 돌아
선원사에 모녀가 연을 맺어
누구를 위하여
무엇을 빌며
날마다 목탁을 치나이까

가엾은 인간들아
나를 보아라
평생 당신을 위해 살다
당신을 위해 죽는
나를 보아라
나는 당신을 원망한 적이 없다

관세음보살 나무아미타불

미인 열전

아파트 뜰에 빨간 장미꽃이 요염한 자태를 드러내었다. 1미터가 채 안 되어 보이는 장미나무 가지에 매달려 있으면서, 지나가는 사람들의 마음을 끌어들인다. 그래서 사람들은 장미를 연인들의 꽃, 꽃 중의 여왕이라 부르는 것일까.

시내를 벗어난 외곽의 도로변에는 꽃양귀비가 무더기로 피어 있다. 그 모습이 마치 나비들이 앉아 춤을 추듯 하늘거린다. 외모로 보아서는 아편 성분이 있는 양귀비와 구별하기 어렵다.

양귀비는 대부분 국가에서 재배를 억제하고 있으나 옛날에는 동서양을 막론하고 꽃 중의 꽃으로 여겨졌다. 그리스 신화에는 아프로디테가 연인 아도니스의 죽음을 슬퍼하며 흘린 눈물로 생겨났다고 한다. 중국에서는 초나라 항우가 사랑했던 우미인의 무덤에서 피어났다는 설도 있으나, 당나라 현종의 후궁인 귀비 양옥환楊玉環의 미모와 비견된다 하여 붙여진 이름이라고 한다.

양옥환은 어릴 적에 아버지를 여의고 친척 집에서 살았다. 그녀는 미모에다 춤과 노래에 능하여 그 소문이 현종의 무혜비에게 알려지게 되었다. 그녀를 본 혜비는 자기가 당대의 최고 미인이라고 여겨왔는데 자기보다 더 아름답다는 사실에 감탄하여, 그녀를 자신의 아들이자 열여덟 번째 왕자인 수와 결혼시켰다.

몇 년 후에 혜비가 죽자 현종은 넋을 잃은 채 정사도 돌보지 않고 폐인처럼 나날을 보내고 있었다. 이를 본 환관 고력사高力士는 양옥환을 황제에게 시중들도록 하였다. 그녀를 본 황제는 얼굴에 화색이 돌며 웃는 모습을 보였다. 환관은 수 왕자를 압박하여 옥환을 황제에게 보내기로 하였다.

현종은 죽은 무혜비와 닮은 옥환의 매력에 빠지고 말았다. 꽃도 부끄러워 고개를 숙였다고 하는 그녀의 나이는 스물둘, 황제는 쉰여덟이었다.

중국에는 양귀비를 비롯한 4대 미인이 있었다. 춘추전국시대 서시西施라는 여인은 강물에 그 모습을 비치면 물고기가 미모에 반해 헤엄치는 것을 잊고 가라앉았다. 한나라 원제 때의 왕소군王昭君은 비파를 연주하면 날아가던 기러기가 날갯짓을 잊고 땅에 떨어졌으며, 한나라 대신 왕윤의 양녀 초선貂嬋은 달을 쳐다보면 달이 부끄러워 구름 사이로 숨어버렸다고 전해진다.

몸이 너무 마르다 하여 4대 미인에는 들지 못하지만, 한나라 성황의 황후 조비연趙飛燕은 미모가 출중하고 가무에 능했으며 몸이 가벼워 왕의 손바닥 위에서도 춤을 출 정도였다고 한다.

서양의 대표적 미인인 클레오파트라는 이집트 왕인 아버지가 사망하자 열여덟에 남동생과 결혼하여 여왕이 된, 권력과 미모를

겸비한 여인이었다. 그녀는 왕의 자리를 지키기 위하여 주변의 힘 있는 장수들을 유혹하여 자신의 연인으로 삼았다.

로마의 카이사르를 유혹하기 위하여 양탄자로 알몸을 감싸고 적진에 잠입한 일이나, 금은보화로 장식한 배를 강가에 띄워 안토니우스를 유혹한 것은 대표적 사례이다. 장수들도 그녀를 차지하기 위하여 갖은 음모와 전쟁을 일으켰다.

이들 미인들은 모두 권력과 재력을 쟁취하기 위하여 일생을 이용당하기도 하고 스스로 이용하기도 하였다. 그러나 그로 인하여 모든 정권이 무너지거나 나라가 패망했다.

장미에 가시가 있듯이 미인에게는 강한 질투심이 있다. 장미가 스트레스를 받으면 가시만 키우고 꽃을 피우지 않듯, 미인도 경쟁적 여인에게는 독화살을 사정없이 날린다.

양귀비는 사람의 기분을 좋게 하여 잠들게 하는 아편처럼 남자를 그녀의 품속에서 잠들도록 만든다. 꿀통을 찾은 벌이 달콤한 맛에 홀려 헤매다 날개와 몸에 꿀이 묻으면 그곳을 빠져나올 수 없게 된다. 양귀비 앞의 남자들이 꼭 그 벌 같았다.

그러나 아름다운 꽃은 쉽게 꺾이는 법. 우연의 일치인지 클레오파트라와 양귀비는 같은 서른여덟의 나이에 독살되고, 사형 당했다.

이들 미인에게는 어떤 매력을 지니고 있기에 그토록 권력자들의 마음을 사로잡았을까. 일설에 의하면 클레오파트라나 양귀비도 출중한 미인은 아니었다고 한다. 미모보다는 그들 나름대로의 어떤 남성을 끌어당기는 마력魔力같은 비법이 있었을 것이다.

아름다워지고 싶은, 그리고 아름다운 것을 갖고 싶은 마음은 인간의 본능이다. 요즘 한류 열풍을 타고 우리나라의 여배우나 가수들을 닮으려고 하는 외국 여성들이 많다고 한다. 미인을 보는 눈높이도 예전과 달라졌고 꾸미는 기술의 발달로 미인들도 평준화되었다. 조각품처럼 깎고 덧붙여서 미인을 만들어내는 세상이니, 변해도 너무 변했다.

그러나 진정한 미인은 외모의 화려함이 아니라 내면에 감추어져 있는 마음이 아름다운 사람이 아닐까. 벌, 나비들은 화려한 꽃보다 꽃잎 속에 감춰진 향기를 품은 꿀이 있는 꽃을 찾아다닌다.

차를 몰고 집을 나서면 길거리마다 넘치는 미녀들의 모습에 한눈팔다 사고 낼 뻔한 적도 있었다. 도심을 벗어나면 뻐꾸기 소리, 종달새 소리에 귀를 달래고, 꽃양귀비의 품속에 나비가 되어 잠들고 싶어진다.

나는 집안에 장미꽃 한 그루를 키우고 있다. 나만 바라보고 있는 그 장미는 나의 안식처요, 사랑이며, 생명의 구원자이다. 폭풍한설에도 꺾이지 않고 시들지 않는 영원한 나의 꽃. 화려하지 않으면서도 그윽한 향기를 품은 세상에서 가장 아름다운 토종 장미이다. 때로는 잘못 건드려 가시에 찔릴 때도 있지만 그것은 나의 잠자는 영혼을 일깨워주는 메시지인 것이다.

장미에 가시가 없다면 장미가 아니다. 가시가 있어 장미는 더 아름답다. 이 여왕의 계절에 우리 집 장미를 위하여 세레나데라도 한 곡 불러야 하겠다. (2012)

부엉이 바위

얼마 전에 텔레비전을 보다가 큰 충격을 받았다. 생명체가 없는 것들도 사람의 감정에 감응한다는 것이다. 밥을 서로 다른 두 그릇에 담아 따로 놓고 한쪽은 '사랑한다'고 말하고 다른 쪽은 '미워한다'며 욕을 했다. 시간이 지나면서 욕을 먹은 쪽은 빨리 썩으면서 고약한 냄새를 풍기는 곰팡이가 돋았다. 그러나 사랑을 받은 쪽은 썩는 기간도 느렸고 향기로운 누룩곰팡이를 피웠다.

빵을 만들면서 칭찬하면 맛이 있고 욕을 하면 맛이 없으며, 소주도 칭찬하면 순하고 달며 욕을 하면 쓰고 독한 맛을 내었다.

식물은 음악과 함께 사랑을 베풀면 더 잘 자란다는 사실이 오래 전부터 알려진 바이지만, 생명이 없는 무생물체가 감응한다는 것은 실로 놀라운 일이었다. 이러한 사실로 미루어보면 이 세상 삼라만상이 사람과 교감하고 있다는 것이 확인된 셈이다.

경암풍수지리연구회에서 S교수님을 모시고 인걸의 유적을 답사하기 위한 첫 번째 코스로 경주 방향으로 길을 잡았다. '인걸人

傑은 지령地靈'이라는 풍수의 논리를 직접 확인하기 위해서이다. 풍수지리는 나를 태어나게 한 조상과, 건강한 삶을 영위하는 데에 불가분의 관계를 맺고 있는 자연(地水火風)과의 합일을 추구하는 자연과학적, 심리적인 작용이라 볼 수 있다.

신라의 천년을 지키며 삼국 통일을 이루었던 경주는 토함산을 주산으로 금오산, 단석산, 구미산, 안태봉이 반경 12km의 외곽을 둘러싸고 있다. 그 안으로 다시 소금강산, 선도산, 명활산, 남산 등 낮은 산들이 있어 적을 방어하기에 알맞은 지형을 이룬다.

왕궁터인 반월성은 경주의 중심혈로, 반달 형국이다.

토함산에서 내려다본 경주는 남쪽에서 뻗은 연꽃이 서쪽을 향해 핀 백련白蓮을 금오산이 병풍을 두르고 있어 문인文人, 재사才士, 미인美人이 배출된다. 이는 또한 불교의 번성을 뜻하기도 한다.

그러나 북쪽 맥이 약하기 때문에 이를 보완하기 위하여 인공으로 독산을 만들고, 김유신 장군이 적토마를 타고 북쪽을 향해 칼을 뽑아든 동상을 세워놓았다. 만약 북쪽에 강한 맥이 형성되었더라면 통일신라의 국토가 훨씬 더 확장되지 않았을까 하는 생각이 든다.

월성 손씨와 여강 이씨 두 씨족이 집성촌을 이룬 경주 양동 민속마을은 유네스코 세계문화유산에 등록된 조선시대의 대표적인 양반 마을이다. 이 마을은 뒤편에 설창산이 좌우로 휘어감고, 바로 앞에는 호명산이 감싸안아 아늑한 느낌을 준다. 두 산 가운데로 그리 크지 않은 안락천이 흐르고 있어 선비의 고장을 더욱 아름답게 꾸며준다.

조선 유학의 성현이자 청백리에 선정된 우재 손중돈과 동방 5현의 한 사람인 회재 이언적 선생이 이 마을 태생이다. 두 분은 외삼촌과 조카 사이로, 손중돈의 아버지가 살았던 서백당書百堂의 같은 방에서 태어났다. 월성 손씨 대종택大宗宅인 서백당은 큰 인물 3명이 나온다는 삼현지지三賢之地의 명당 터다.

두 현인이 태어난 후로 한 명 남은 현인을 탄생시키기 위한 자손들 간의 경쟁으로, 종친회의 허락 없이는 아무도 이 방에서 합궁을 할 수 없도록 하였다. 마당 한가운데 서 있는 향나무가 500년 넘게 이 고택을 지키며 새로 태어날 현인을 기다리고 있다.

김해 봉하마을에 들어서자 봉화산의 우뚝한 바위가 방문객들을 압도한다. 길가에는 시민단체의 구호가 적힌 현수막이 몇 군데 걸려 있고, 고故 노무현 전前 대통령의 얼굴과 업적을 새긴 게시물들이 죽 늘어서 있다. 사진 속의 특유한 웃음을 대하고 있노라면 그 분이 어디선가 금방 나타날 것만 같다. 묘역 옆에는 노란 바람개비들이 부엉이 바위에서 불어오는 바람을 타고 팔랑거린다.

이 마을을 감싸고 있는 봉화산은 날개를 편 학의 형상을 하고 앞 벌판 건너에 있는 뱀산을 노려보고 있다. 주봉인 사자봉은 적토마가 갈기를 세우고 힘찬 발길을 치켜들며 달리는 형국이고, 백호 자락에 수봉이 자리하여 대단한 왕기가 서려 있다. 앞의 뱀산은 임금님을 호위하는 병사들과 말들이 서로 조응하며 마을을 향해 도열하고 있다.

헌화하고 나서 의경 한 명이 지키고 있는 묘지 쪽으로 걸어갔다. 나는 묘를 보는 순간 울컥하는 마음이 솟구쳤다. 콘크리트 바닥에 두꺼운 강판을 깔고, 그 위에 2톤이 넘는 너럭바위를 올려놓아 '대통령 노무현'이라 새겨 봉분과 비석을 겸하고 있다. 얼핏 신라 무열왕릉이 떠올랐다. 그 왕릉과 비교할 수는 없다 치더라도 이것은 너무하다는 생각이 들었다. 더구나 저 무거운 철판과 바위를 혼백 위에 눌러놓고 있으니 고인이 얼마나 힘이 들까. 숨이 막힐 듯이 답답함을 느꼈다.

나는 노대통령과 갑장이다. 우리 갑장들은 노대통령을 비롯하여 부시, 클린턴 대통령과 같은 훌륭한 인물들이 전 세계에 많이 있음을 자랑스럽게 여겨왔다. 그런데 지금 나는 여기 서 있고 님은 땅 속에서 무거운 철판과 바위로 짓눌린 채 뭇사람들의 방문을 받고 있다. 인생무상이란 이런 것인가.

부엉이 바위를 찾았다. 봉화산 좌측 중앙에 위치한 그 바위는 사자바위와 비견될 만큼 강한 기운을 지니고 있다. 이 바위는 어린 노무현에게 꿈을 이루도록 기를 북돋우어주었다. 신라시대 김유신 장군이 적토마를 타고 삼국통일을 이루었듯이, 사자바위는 적토마가 되어 그를 태우고 대통령을 만들었다. 그뿐만 아니라 노대통령 조부의 묘가 봉화산 백호자락 명혈에 안장되어 있어 그 소응昭應을 받았음은 두말할 나위가 없다.

그러나 하늘은 같은 기회를 두 번 주지 않는 법, 보름달은 반드시 기우는 이치와 같다고나 할까. 고향에 돌아온 노대통령은 고향을 위한다는 명분으로 일을 너무 많이 벌였다. 정상의 권력을 누렸으면 그 자리를 떠난 뒤에는 있는 듯 없는 듯 조용히 지내는 것이 예로부터 알려진 인지상정인 것을. 부엉이바위는 다시 돌아온 '대통령 노무현'을 대하기가 거북스러웠다. 그래서 신은 그를 그의 곁으로 불러들인 모양이다.

'웅지를 품고 고향을 떠나 목적을 이루었으면 고향 땅을 밟지 말라'는 풍수의 지론을 그냥 넘기기에는 아쉬운 대목이다. 만약에 노대통령이 경주 양동마을에서 살았으면 선비처럼 조용한 여생을 보냈을는지도 모를 일이다.

님이시여, 생전에 늘 서민들 걱정만 하시더니 저승에 가서도 많은 사람들을 불러들이는구려! 이제는 속세의 무거운 바윗돌은 내려놓으시고 명부冥府의 법대로 조용히 쉬는 게 어떠하신지요. (2012)

용의 눈물

추석 명절이 가까워지면 벌초 걱정을 하게 된다. 명당자리를 찾아 여기저기 모셔놓은 선영을 단장하기란 그리 녹록한 일이 아니다. 더구나 음력 팔월 초하룻날은 문중 벌초라 하여 윗대 선묘에 수십 명의 일가들이 모이게 된다. 이 자리에서는 자연스레 선조에 대한 일화가 나오고 후손 이야기로 이어진다.

누구는 고시에 합격하여 어느 관직에 있으며, 누구는 사업으로 많은 재산을 모았다든지 하는 것이 모두 조상의 음덕이라는 것이다. 그런데도 오늘 같은 날 코빼기도 안 보이니 '배은망덕'한 놈이라고 나무란다.

나이 탓인가. 근년 들어 내가 선묘를 찾을 때에는 가끔 사후에 대해서 깊은 상념에 젖는 일이 생겼다. 이 문제에 관해서는 많은 철학자들이 오랫동안 논쟁을 벌여왔으나, 끝없는 철로처럼 평행선을 달리고 있다.

그 한 선은 육체와 영혼은 하나로 이루어진 물체라는 물리주의 자들의 주장이다. 이는 사람이 죽으면 영혼도 같이 소멸한다고 보는 일원론적 견해이다.

다른 한 선은 육체와 영혼은 별개로 이루어져 있어서 영혼이 육체를 조종한다고 보는 이원론적 견해이다. 데카르트, 소크라테스, 플라톤 등이 대표적인 이원론자들이다. 이 이론에 따르면 사람은 죽어서 영혼과 육체가 분리되어 영원히 존재한다는 것이다.

풍수지리학에서는 이원론을 인정하면서도 그와 다른 관념을 내세운다. 살아 있을 때는 지상에 집을 지어 살고, 죽으면 지하에 있으면서 자손들과 교감한다고 보는 것이다. 생기가 모여 있는 좋은 땅에 시신을 모시면, 그 영혼도 활기가 넘치고 즐거워서 자손들에게 좋은 기를 불어넣어 주고, 조습하고 삭풍을 맞는 곳은 영혼이 불안하여 자손에게 해를 끼친다고 한다.

화장하여 재를 자연에 뿌리면 영혼도 정처 없이 떠돌아다니고, 일정한 곳에 모시면 영혼도 그곳에 안착한다. 이처럼 풍수지리가들은 지기와 시신의 유전인자를 통하여 자손들과 항시 교감하고 있다고 믿는다. 그래서 지기가 쇠락하면 교감능력도 감소된다. 이러한 풍수이론은 오랜 세월 겪어오면서 관찰하고 경험한 결과론에 기인한다.

한반도는 백두대간을 중심으로 동고서저東高西低의 지세를 이루며 뻗어내려 호랑이 상을 하고 있다. 영남 지역의 산세는 속리산과 지리산으로 나뉘는 분기점에서 힘찬 용틀임을 하여 태백산맥을 일으키고 금오산과 팔공산을 생성하였다. 또한 한반도의 대혈맥인 낙동강은 태백시에서 발원하여 남진을 계속하며 수많은 지천과 작은 강들을 품어안고 부산에 이르러 바다로 흘러간다.

인걸은 지령이라 했듯이 한국의 전·현직 대통령이 영남지역 출신이 월등히 많은 것도 풍수지리적 영향과 깊은 관계가 있는 듯하다. 조선의 실학자 이중환의 택리지에서도 '조선 인재의 반은 영남에 있고, 영남인재의 반은 선산에 있다'고 하였다.

박정희 전 대통령은 경상북도 선산군 구미면 상모동에서 태어나 대구사범학교를 졸업할 때까지 살았다. 아버지 박성빈은 성주 땅에 살 때 무과에 급제하였으나 임용되지 않았다. 그 후 동학에 가담한 죄로 체포되어 옥살이를 하다 사면되었지만, 관의 감시가 심하고 생활이 어려워 처가에서 마련해 준 구미의 산골로 이주하였다. 그는 수원 백씨 문중의 재실 입구에 있는 사랑채에 살면서 문중산과 재실을 관리하는 일을 했다. 그때 백남의 여사는 마흔다섯 나이에 5남2녀의 막내로 박정희를 낳았다.

박정희 생가는 금오산에서 발조한 중출맥이 효자봉을 거쳐 청룡의 끝자락에서 와혈窩血인 생가로 이어진다. 겹겹이 호종하고 있는 백호는 혈맥을 감싸고 조응하는 가운데 금빛 시신을 쪼는 형국인 금오탁시형金烏琢屍形으로, 생가는 주둥이에 해당하며 이는 군왕이 나오는 명혈이다.

생가 앞의 안산案山은 도시개발로 사라졌으며, 그 뒤를 받치고 있는 천생산은 팔공산과 지맥이 연결되어 일자문성의 상서로운 기운을 품고 왕좌를 만들어 생가를 향해 굽어보고 있다.

전두환 전 대통령은 경남 합천군 율곡면 내천리에서 태어났다. 이곳은 지리산 상봉인 천왕봉에서 뻗어내린 산맥이 자굴산을 거쳐 수많은 산과 봉을 일으키며 마을 뒤의 지산 자락에 혈을 맺었다.

생가 터는 용이 고개를 돌려 달려온 산을 바라보는 회룡고조형回龍顧祖形의 형국을 이룬다. 이는 또한 기러기가 모래밭에 내려앉는 평사낙안형平沙落雁形으로, 생가는 기러기의 부리이며 외동과 내동 마을은 날개에 해당된다.

일자문성인 안산은 장군의 투구 모형을 하고 있다. 생가의 왼쪽에는 12개의 산들이 도열하고 있어 믿음이 강한 신하가 많이 있다. 특히 이 터는 좌우에서 모여든 물이 마당에서 합쳐서 마당 앞 도랑을 이루고, 이는 다시 강물과 합수하여 유유히 흘러가니 큰 재물이 모일 국세임이 분명하다.

노태우 전 대통령의 생가는 대구광역시 동구 신용동이다. 이곳은 신령한 기운이 서린 팔공산에서 뻗어내린 거저산이 날개를 펼쳐, 투구 모형의 현무봉을 만들고 생가 터에 혈을 맺었다.

청룡은 가지런하게 약간 멀리 감싸고 있는 반면, 백호는 가까이서 호종하고 안산은 장수의 투구 모형을 하고 있으며, 그 사이로 일자문성이 왕기를 안겨준다. 생가의 특징은 비가 오면 물이 대문 밖으로 흐르지 않고 마당을 한바퀴 돌아나가도록 하여 모인 재산이 흩어지지 않게 하였다. 대문 근처에 암반이 강하게 받쳐주고 있어 생가의 기운을 모아주는 역할을 톡톡히 하고 있다.

이들 세 분에게는 공통점이 몇 가지가 있다. 첫째는 생가 터가 모두 진혈인 명당이고, 두 번째는 주변 환경이 강한 무관의 힘을 받고 있으며, 세 번째는 안산을 받들고 있는 조산이 모두 왕기가 서린 일자문성으로 이루어져 있다. 또한 조부모의 유택이 생가에서 멀지 않은 길지에 모셔 있는 것도 같다.

역학에서는 조상을 모신 음택과 태어나서 어릴 때 자란 양택을 모두 중요시한다. 여기 세 분 대통령의 생가는 선조의 묘지보다 더 강한 진혈명당이라는 데에 방점을 두는 것이다.

그러나 지령은 인걸을 낳지만 그를 관리하지는 않는다. 인재를 관리하는 것은 어디까지나 자기 자신이다. 항룡유회亢龍有悔라는 말이 있다. 용이 하늘에 이르면 더 오를 수 없어 후회하며 눈물을 흘린다고 한다. 덕을 쌓고 겸손하여 어려운 이웃을 아끼는 마음이 없으면 하늘까지 오른 용이 삽시에 추락하고 만다.

이 세 분 대통령을 보면서 용의 눈물을 생각나게 한다. (2013)

솥바위의 전설

나는 가끔 하늘을 보며 말을 거는 버릇이 있다.

끝도 없는 하늘 길을 홀로 떠나가는 조각구름이나 하늘과 땅을 이어주는 무지개다리, 그리고 얼굴을 스치고 지나가는 남실바람이 만날 때마다 다른 형태로 나타나니 그 진정한 모습은 무엇일까.

그 대답은 물이 알고 있었다. 에모토 마사루 박사는 물과의 대화를 계속하여 물의 메시지를 알아내었다. 물은 말을 알아듣고, 음악을 즐기며 글을 읽을 수 있다고 한다. 그는 이러한 것을 증명하는 물결정체 촬영에 성공하여, 칭찬하면 아름다운 육각수가 되고 욕을 하면 볼품없는 모양으로 변했다.

에모토 박사는 우주의 모든 것은 파동이며, 그 법칙에 따라 움직인다고 한다. 파동은 독자적인 주파수를 가진 진동으로, 전달된 정보를 받아들이는 공명성이 있으며, 닮은 것끼리 통한다.

이러한 파동의 원리를 활용하여 수맥을 찾아낼 수 있다. 나뭇가지나 철사, 추등을 이용하여 사람의 파동과는 다른 좌회전의 지하수 파동을 느끼게 된다.

풍수의 원리도 지구의 에너지를 사람이 받아들이는 파동의 작용으로 이해할 수 있다. 땅은 한난조습寒暖燥濕에 따라서 에너지의 크기가 달라진다. 사람에게 좋은 에너지를 전해주는 곳이 명당이라 해도 틀리지 않을 듯싶다.

이번에는 영남의 남쪽인 안동과 진주를 중심으로 한 인걸들의 생가를 둘러보았다.

안동 하회마을은 경주 양동마을과 함께 영남의 4대 길지로 꼽힌다. 태백산에서 뻗은 지맥이 화산과 일월산 줄기의 남산이 둘러싸고, 낙동강이 S자처럼 마을을 휘감아 돌아 태극 모양을 이루었다.

풍산 류씨가 600여 년간 살면서 조선의 대학자인 류운용과 영의정을 지낸 류성룡 등을 배출하고, 하회탈, 병산탈을 비롯한 많은 문화유산을 만들어 낸 곳이다.

이 마을에 들어서면 먼저 600여 년 된 느티나무인 삼신당 신목을 만나게 된다. 이곳의 모든 기운이 이 나무에서 뻗어나가는 듯한 느낌을 받는다. 천천히 걷다보면 강가 반석에 앉아 세월을 낚는 낚시꾼과 부용대에서 들려오는 노랫가락, 남쪽 나루터의 무지개다리, 드넓은 모래톱에 내려앉는 기러기들을 만날 수 있다.

옛 선조들이 이러한 풍광을 만끽하며 강물에 배를 띄우니 어찌 시 한 수와 노랫가락이 없었겠는가.

진주 남강의 중간쯤에 솥단지처럼 생긴 바위가 있는데 이를 솥바위라 부른다. 이 바위는 용과 호랑이가 만나는 지점으로 바위에서 나오는 화기火氣와 수기水氣가 교접하는 곳이다. 조선 말엽에 어떤 도사가 이곳을 지나다 근방 20리 안에서 나라를 크게 울리는 국부國富 3명이 태어난다고 예언하였다. 그래서인지 삼성 이병철 회장, 금성 구인회 회장, 효성 조홍제 회장의 출신지가 모두 솥바위로부터 20리 안에 있다. 풍수에서는 발이 달린 솥을 별로 보기 때문에 회사 이름을 모두 별성星자를 썼다고 한다.

삼성그룹 이병철 회장 생가는 경남 의령군 정곡면 중교리 장내마을이다. 주변 산들이 마을 주위를 울타리처럼 둘러싸 담안마을이라고도 부른다.

이 회장의 생가는 노적봉 형상을 하고 있는 자굴산의 기가 집안에 혈을 맺고, 용이 집을 품고 있는 형국으로 마당에 샘이 솟아 오래도록 복록을 누릴 명당 중의 명당이다. 이 생가 안쪽에는 노적봉을 닮은 바위가 있다. 퇴적암인 경상계층의 노두가 마치 쌀가마니를 쌓아놓은 것처럼 보인다. 정사각형으로 갈라진 바위는 밭전田자처럼 생겼으며, 거북바위와 자라바위 등이 있어 부의 기운을 한껏 더해주고 있다.

금성(현LG)그룹 구인회 회장 생가는 진주시 지수면 승산리 상동마을이다. 이 마을은 여러 개의 구슬이 뭉쳐 있는 구실봉이 새집처럼 포근하게 마을을 감싸고, 커다란 새 한 마리가 날개를 펴서 마을을 향해 날아드는 비봉귀소형飛鳳歸巢形이다. 따라서 이 마을 전체가 명당이다.

오래 전부터 구씨와 허씨가 사이좋게 지내면서 만석꾼 셋, 천

석군 일곱 도합 열 명이 삼만 칠천 석을 거두어들였다고 한다. 지금도 GS그룹 창업주 허준구 회장을 비롯한 허씨 일가와 구씨 일가들이 대기업의 총수로 활동하고 있다.

효성그룹 조홍제 회장 생가는 위의 두 분의 생가와는 전혀 다르다. 몇 가구 안 되는 조그마한 마을의 논밭 가운데에 위치하여 특별히 눈에 띄는 용맥이 보이지 않는다. 그러나 풍수가들은 백이산에서 내려뻗은 은용隱龍이 마을 앞 논두렁을 타고 생가로 입수하였다고 한다.

옛말에 '작은 부자는 사람이 만들고 큰 부자는 하늘이 낸다.'고 했다. 하늘이 낸 이 분들이 각처에 가마솥을 걸어놓고 우리가 먹을 밥을 짓고 있는 것은 아닐까.

조선시대 실학자이며 인문지리학자인 이중환은 사람이 살 만한 곳으로 네 가지 조건을 제시하고 있다. 물길과 산야의 형세가 좋고, 먹고살 만한 농경지나 일터가 있어야 하며, 인심이 좋고, 주변의 산수가 평안하여 아름다워야 한다고 했다. 이들 중 한 가지라도 맞지 않으면 살 곳이 못 된다는 것이다.

하늘과 땅은 숨겨놓은 비밀이 헤아릴 수 없이 많다. 예로부터 사람들은 그 비밀을 알아내려고 온갖 노력을 기울이지만 쉽지 않다. 그러나 그러한 노력을 게을리 하지 않는 자에게는 조그만 자리를 내어주기도 하고, 작은 문틈 사이로 광명의 빛을 보내주기도 한다.

다만 천망天網에 걸리지 말아야 한다. (2014)

자라가 나온 터

나이가 들면 몸만 늙는 줄 알았는데 마음도 늙는 것일까.

얼마 전까지만 해도 나는 사리를 판단할 때 논리적이고 과학적이 아니면 모두 부정적으로 보았다. 그러나 지금은 사뭇 달라졌다. 이 우주 대자연의 원리를 인간이 모두 규명하기란 불가능하며, 설령 과학적으로 설명하더라도 언젠가는 또 번복될 수 있다는 생각이 든다. 노자의 도가도 비상도道可道 非常道라는 말이 마음에 와닿는다.

무생물이건 생물이건 간에 서로 소통하고 있다는 사실이 차츰 밝혀지고 있다. 음식물과 물이 말을 알아듣고, 식물도 감정이 있다는 것이 증명되고 있다. 특히 식물은 우주의 어떤 별들과 교신하면서 거기에 반응하는 사실도 탐지된다.

최근에 인공위성이 9년 반이나 걸려 도달한 행성을 탐사한다거나, 지구에서 1,200광년 떨어진 곳에 지구와 비슷한 별을 발견하였다는 보도를 보며 많은 생각을 하게 된다. 머지않아 시공을 초월한 만물의 공통언어나 주파수를 찾아내어 모든 사물과 소통할 수 있는 날이 오지 않을까 하는 몽상을 해본다.

풍수이론에서 양택陽宅은 땅에서 받는 지기地氣와 하늘에서 받는 천기天氣, 즉 자연환경의 영향에 따라서 인품이 형성된다고 한다. 문필봉文筆峯은 붓을 거꾸로 세운 것처럼 끝이 뾰족한 산을 말하며, 주변에 문필봉이 있으면 문인이나 학자가 많이 나온다고 하여 길상으로 여긴다.

경북 영양군 일월면 주곡리 주실마을은 한양조씨의 집성촌으로 60여 가구가 사는 한옥 마을로 양택의 길지로 알려진 곳이다.

기묘사화로 조광조가 사사되고 가문이 멸문지화에 이르자 그 친척들이 전국에 피신해 있다가, 1630년 조전이 이곳으로 이주하여 마을이 형성되었다. 마을 주변에는 주산인 일월산을 비롯한 문필봉과 연적봉, 노적봉 등이 마을을 감싸고 있다. 이 마을은 풍수적으로 배의 형국임으로 우물을 1개 소만 파서 사용하고 있다. 우물은 배의 구멍을 뚫는 것으로 보았기 때문이다.

조전은 앞산에 올라 매를 날려 매가 앉는 자리에 집터를 정하였는데, 바로 일월산주맥이 흘러온 자리다. 지금은 호은 종택으로 조지훈 시인의 생가이다. 이 종택 대문과 정면으로 문필봉이 마주하고 그 옆에 연적봉이 있으며, 그 뒤에도 문필봉 여럿이 마을을 에워싸고 있다. 붓과 연적이 있으니 어찌 문인과 선비가 태어나지 않겠는가. 조지훈 시인을 비롯한 그의 부인인 김난희 서화가와 14명의 박사, 그리고 19 명의 교장이 이를 증명한다.

한양조씨의 가훈은 재물, 사람, 문장을 빌리지 않는다는 삼불차三不借이다.

이 마을 출신으로 국학진흥원장과 대학교수를 지낸 조동일은, 1945년 광복을 맞아 서울에서 중학을 다니다 고향으로 내려가게 되었다. 안동에서 트럭을 얻어 타고 청송 진보에서 여관에 묵게 되었다. 저녁까지 잘 얻어먹고 자리에 들었으나 잠을 잘 수가 없었다. 여관비가 없었기 때문이다. 새벽이 되자 일찍 일어나 도망쳤다.

그는 그 일이 늘 마음에 걸려서 오래 전에 그 여관을 찾았으나 여관은 없어지고 주인의 행방도 찾을 수 없었다. 그는 얼마 전에 그곳 면장에게 여관 업무에 써 달라는 편지와 함께 50만 원을 보냈다. 면장은 이 돈으로 관내 숙박업소에 '양심거울'을 달았다.

또한 아버지가 복숭아밭을 꾸리고 있을 적인 1949년, 관리인에게 '송아지를 사서 주겠다' 하고 이내 세상을 뜨신 아버지의 약속을 대신 지키기 위해, 그 관리인을 수소문해서 200만 원을 지불했다. 주실마을과 멀지 않은 곳에 30여 호의 한옥마을이 있다.

1640년 석계 이시명이 병자호란을 피해서 설촌한 재령이씨의 집성촌으로 두들마을이라 부른다. 광려산을 주산으로 주변에 문필봉이 있고, 먹지 않아도 자연을 마주하면 배가 부른다는 낙기대樂飢臺와 심중의 더러움을 씻어낸다는 세심대洗心臺가 있으니 선비의 고향임을 느끼게 한다.

시와 서화에 능한 이시명의 부인 장계향은 일흔에 한글 조리서인 『디미방知味方』을 저술하였다. 또한 우리나라 최초 국립병원격인 '광제원'이 설립되었으며, 항일 시인인 이병각과 이병철도 이곳 출신이다.

마을을 둘러보다 명당으로 보이는 집 앞에 발이 멈췄다. 대문에 '광산문우匡山文宇'라 쓰여 있다. 지나가는 사람이 소설가 이문열 씨 집인데 가족과 함께 휴가차 내려와 있다고 일러준다.

가정집으로는 규모가 큰 한옥으로 안채와 바깥채가 나란히 있고 옆에 또 한 채를 짓고 있다. 결례가 될까봐 머뭇거리고 있는데 이문열 선생이 바깥채의 대청마루 문을 열고 나온다. 풍수를 공부하는 사람들인데 전국의 명당을 답사한다고 하자 반갑게 맞이하며 전설 같은 이야기를 풀어놓는다.

그의 선조들은 이 마을에서 줄곧 살았는데, 해방 직후에 선친의 사정으로 살던 집을 친척에게 넘기면서 장차 형편이 되면 되돌려 받기로 하였다.

20여 년 전 이문열 씨는 아버지의 약속을 지키기 위해 전에 살던 집을 되사려고 하였으나, 집터가 명당으로 알려지면서 거절당했다. 그는 이러한 사실을 풍수의 대가로 알려진 C교수와 상의했다. C교수는 이미 그 집과는 인연이 끝났으니 새집을 지으라며 이 터를 정해주어 토지를 매입하였다.

집을 짓기 위하여 중장비로 정지작업을 하던 중에 자라 한 마리가 나타났다. 풍수에서 자라는 거북과 동일시하며 용, 봉황, 기린과 함께 4대 길상吉祥으로 여긴다. 인부들이 자라를 고아 먹겠다고 하는 것을 현장 감독이 토종닭 3마리를 사주고 강으로 돌려 보냈다. C교수가 이러한 말을 전해 듣고 '자라가 나온 근처를 파면 물이 나올 터이니 연못을 파서 자라 모형을 만들어놓고 자라가 나온 방향으로 구멍을 내라'고 하였다. 그가 말한 대로 땅을 파자 높은 지대임에도 샘물이 솟아났다.

나는 현장을 둘러보며 놀라움을 금할 수 없었다.

현재 이곳은 '광산문학연구소'로 문학 강의와 세미나 등을 하며, 이문열 씨가 집필을 위해 기거하기도 한다.

우리 조상들이 천년 넘도록 신봉해온 풍수사상은 이제 새로운 방향을 모색하고 있다. 한옥의 구조를 현대 건축에 응용하는가 하면, 많은 대학에서 풍수학 강좌를 개설하여 석·박사를 배출하고 있다. 앞으로 새로운 이론 정립과 객관성 확보를 기대한다. 영남대학교 응용전자학과 이문호 교수는 자력과 전기비저항 탐사를 이용하여 명당의 혈처를 정확히 찾는 방법을 알아내었다.

그러나 '호지무전미好地無全美'라는 풍수격언처럼 아무리 좋은 땅이라도 완벽하지는 않다. 버뱅크는 '자연은 자신을 내세우지 않고 조용히 받아들이는 자에게만 진리를 보여준다.'고 하였다. 명당은 찾는 것이 아니라 '주어지는 것'이라고 하는 말과 같은 맥락이다.

깊어가는 가을, 베란다에 서서 붉게 물들어가는 먼 산을 본다. 새 한 마리가 구름을 쫓아 어디론가 날아가고 있다. (2015)

천자지지天子之地

처서를 바로 앞둔 8월이 저물어가는데 아직 무더위는 기세가 등등하다. 나는 지금 일행과 함께 충청도의 어느 한적한 산등성이를 걷고 있다. 사방은 온통 산뿐이다. 우리 국토는 어딜 가나 산이 많아 지기가 강하게 흐르고, 따라서 명혈이 많다.

풍수 이론은 이 지기가 흐르다 물을 만나서 멈추어 모여 있는 곳이 인간과 교합하여 좋은 기운을 얻을 수 있다고 믿는다. 우주 자연의 원리를 기로 이루어진 존재로 설명하는 것이다.

대기는 파동적 존재이며, 파동은 진동을 일으킨다. 진동은 그 정도에 따라서 소리와 빛과 색으로 변하며, 색은 곧 물질이다.

인간이 귀로 들을 수 있는 진동수는 20~20만 Hz이다. 30~300만 KHz를 장파, 300KHz~3MHz를 중파, 3~30MHz를 단파, 그 이상을 초단파라고 한다. 현재 장파는 항공기나 선박의 항로 안내에 이용하고, 중파는 라디오 방송에 사용하고 있으며, 단파는 텔레비전 방송 전파로, 초단파는 레이더 등에 이용하고 있다.

최근에 색은 곧 물질의 입자인 극미전자라는 사실이 증명되었다. 따라서 우주의 모든 사물은 파동적 존재이며, 진동적이고 상응적인 존재로 보는 것이 맞을 것이다.

기는 균형을 유지하여 움직이면서 변화하고, 같은 파동끼리 끌어당기며 감응한다. 반야심경의 색불이공色不異空, 공불이색空不異色, 색즉시공色卽是空, 공즉이색空卽異色이라 하신 부처님 말씀도 기와 물질이 다르지 않다는 만법귀일萬法歸一, 일귀만법一歸萬法과 같은 이치라고 볼 수 있다.

충청남도 당진의 솔뫼성지는 우리나라 최초의 가톨릭 사제인 김대건 신부가 태어난 곳이다. 조선시대 이중환의 택리지에도 충청도 제일의 명당터로 기록되어 있는 이곳은, 돌출형 용맥이 생동하는 지기가 충만한 명혈처로 상서로운 기운이 신앙심을 깊게 하는 신비한 힘을 가지고 있다.

그래서 김대건 신부를 비롯하여 증조부 김진후, 조부 김종한, 부친 김제준 등 4대가 순교한 성지다. 김신부는 16세에 신학생으로 뽑혀 마카오로 유학하여 신학공부를 한 후 상해에서 서품을 받았다. 그는 1845년 천주교를 탄압하던 조선으로 돌아와 선교활동을 하다 이듬해인 1846년에 체포되어 9월 16일 새남터에서 군문효수형으로 순교하였다.

충청남도 예산군 덕산면에 있는 흥선대원군의 부친 남연군의 묘는 2대가 왕위에 오를 천자지지天子之地다. 조선 8대 명당터의 하나로 알려진 이곳은, 가야산에서 뻗은 용맥이 석문봉으로 강하게 들어오고 좌우에 문필봉이 받치고 있을 뿐만 아니라 청용백호가 잘 감싸 안아 명당 중의 명당으로 꼽힌다.

세도정치가 판을 치던 조선 말기에 야심가였던 이하응은 난봉꾼으로 세월을 보내고 있었다. 그는 어느 날 장차 집안이 어떻게 될지 궁금하여 당대의 유명한 풍수가인 정만인에게 앞날을 물었다. 풍수가는 덕산 땅에 만대에 영화를 누릴 곳과 2대에 걸쳐 천자가 나올 자리가 있는데, 한 곳을 택하여 부친의 묘를 이장하라고 했다. 권력에 욕심이 많은 이하응은 천자지지를 택하였다.

그러나 그 명당에는 가야사라는 절이 있고, 특히 묘가 들어갈 자리에는 석탑이 세워져 있었다. 세도가인 이하응은 절을 불태우고 석탑을 부수어 경기도 연천에 있던 부친 남연군을 이장하였다. 그 후에 그의 아들과 손자가 왕위에 오르고 권력을 손에 쥐고 흔들었다.

이 묘에는 독일 상인 오페르트가 도굴하다 발각되었으며, 이 사건으로 대원군이 서양에 대한 반감이 생겨 쇄국정책의 계기가 되었다고 전해진다.

공주 마곡사는 신라의 자장율사가 통도사, 월정사 등과 함께 건립한 천년의 역사를 지닌 사찰이다. 이 사찰의 대웅보전, 대광보전, 영산전, 5층석탑, 연화경 등이 보물로 지정되어 있어 2018년에는 통도사, 법주사 등과 함께 유네스코 세계문화유산으로 등재되었다.

지세가 태화산의 산세와 계곡이 태극을 닮은 산태극수태극의 형국을 이룬 명당으로 삼재가 없고, 숨어들면 찾기 어려운 10승지勝地 중 하나로 알려져 있다. 특히 목단만발형牧丹滿發形인 군왕대君王垈는 세조가 만세불망지지萬世不忘之地로 부를 만큼 기가 강한 돌출형의 천하명당이다.

대웅보전에는 4개의 싸리나무 기둥이 있는데 이 기둥을 안고 돌면 아들을 얻는다 하여 많은 아낙들이 이곳을 찾았다. 기둥들은 손때가 묻어 윤기가 돈다.

대광보전은 다리가 아파서 걷지 못하던 가난한 앉은뱅이가 걸을 수 있게 해달라고 부처님께 빌기 위해 불전에 올릴 삿자리를 100일 동안 짜서 법당에 올려 절을 하니 걸을 수 있었다는 전설이 있다.

마곡사는 김구 선생이 은신했던 곳이기도 하다. 명성황후가 시해되던 1896년 백범을 암행 감시하던 일본군 중좌를 살해하고, 체포되어 인천교도소에서 사형수로 복역하던 중에 탈옥하여 마곡사에 몸을 숨겨 지냈다. 백범이 살던 방에는 선생이 평생 좌우명으로 삼았다는 서산대사의 선시 친필 휘호가 걸려 있다.

> 눈 덮인 들판을 밟고 갈 적에 어지러이 걸어서는 아니 되리
>
> 오늘 내가 걸었던 길을 뒷사람이 그대로 따를 터이니
>
> 답설야중거踏雪野中去 부수호란행不須胡亂行
>
> 금일아행적今日我行跡 수작후인정遂作後人程

풍수지리는 지형과 물길과 방위를 기본적으로 살펴 자연과 부합되게 묘나 건축물을 배치하는 이론이다. 배산임수, 후고전저, 전착후관 등과 같은 논리는 통풍과 햇빛이 잘 통하도록 하는 상식적이고 과학적이라 생각된다. 머물고 있으면 아늑하고 기분이 좋은 곳, 나른하고 피곤했던 몸이 생기가 돋아나는 곳이 명당이다.

나는 이번 답사에서 어느 관공서를 방문했을 때 크게 느낀 바가 있다. 먼저 주변 산세와 입지를 살펴보니 상당한 명당임을 알 수 있었다. 그러나 건물의 배치와 설계는 풍수지리의 이론과는 배반되는 형국이었다. 얼핏 보면 건물의 형태가 예술적인 미를 나타내어 멋있게 보이나, 앞과 뒤 좌향이 분명하지 않고 대문 역할을 하는 출입구도 찾기 어렵다. 더구나 건물의 길이가 길다보니 간판을 양쪽 두 군데 달아놓았다.

특히 주건물을 중심에 두고 주변 건물들이 서로 감싸야 하는데 배반하며 날카로운 모서리를 향하고 있다. 또한 풍수에서 물길을 매우 중요시 여기는데, 인공으로 만들어놓은 작은 계곡 물은 건물을 등지고 흘러간다.

이러한 건물의 배치는 아무리 그 터가 명당일지라도 땅의 기운을 받지 못하고 오히려 해를 입기 쉽다.

이곳을 둘러보고 나오면서, 그 많은 예산을 들인 건물이 자연과 부합하지 못하여 천자지지의 힘을 얻지 못하는 아쉬움에 흐르는 땀을 닦아낸다. (2019)

인걸의 맥을 찾아서

조선시대 팔도에서 내로라하는 역술가와 풍수사, 그리고 관상가 세 사람이 만났다. 그들은 서로 자기가 최고수라고 주장하여 우열을 가릴 수 없었다. 그래서 서로의 능력을 확인하기 위하여 거리로 나가 맨 처음 만나는 사람의 운명을 알아맞히기로 하였다.

드디어 거지꼴을 한 사람이 나타났다. 역술가는 사주를 풀어보니 틀림없는 거지 팔자였다. 관상가는 얼굴 모양이나 차림새가 상거지임에 틀림없다고 하였다. 풍수사 차례가 왔다. 그를 따라 사는 곳과 조상의 묘지를 둘러보니 할아버지를 모신 터가 거지가 될 형국이었다. 풍수사는 묘지를 새로 잡아주고 할아버지를 이장하도록 한 뒤, 그들은 3년 후에 다시 이 장소에서 만나기로 하고 헤어졌다.

3년이 지나서 약속한 날짜에 그때 그 사람들이 만났다. 거지는 역시 남루한 옷차림을 하고 있었다. 역술가는 전과 똑같이 거지 팔자라고 하였다. 관상가는 부자상으로 변했다며 놀라워했다. 그들은 그를 따라가서 생활 형편을 확인해보았다.

3년 전과는 전혀 딴판으로 기와집에다 살림살이가 매우 풍족한 모습을 하고 있었다. 묘를 이장한 뒤로는 마을 사람들이 소작도 주고 산지도 개간하여 농사를 지으라며 많은 도움을 주었다고 한다. 열심히 일을 해서 집과 농토도 사서 지금은 먹고살 만하다고 했다.

무학대사의 스승인 나옹선사가 전국을 유람하다 남원에 이르러 친구인 오부자 집에서 머물게 되었다. 오부자는 많은 시줏돈을 내놓으며 자신의 신후지지身後之地를 잡아달라고 부탁하였다. 선사는 그 돈을 형편이 어려운 절에 나누어주고, 그 약속을 지키기 위해 심산유곡을 돌아다니다 드디어 명당을 찾아내었다.

그러나 선사는 오부자가 그 명혈에 누울 자격이 있는지를 알아보기 위해 아직 찾지 못했다고 하며 차일피일 미루고 있었다.

그러던 차에 오부자가 며칠 동안 출타하게 되었다. 처음부터 선사를 마뜩찮게 여겨왔던 오부자 아들은 선사를 묶어서 끌고 다니며 사기꾼이라고 봉변을 주었다. 이 광경을 목격한 황군서라는 사람이 나옹선사가 받은 시줏돈 전액을 물어주고 그를 곤경에서 구해 주었다. 선사는 그 보답으로 오부자에게 주려고 잡았던 묏자리를 황군서에게 알려 주었고, 그는 아버지 황균비의 묘를 이장하였다. 남원시 대강면 풍산리 산촌마을 뒷산인 그곳은 기러기가 울면서 날아가는 형국인 명홍조풍혈鳴鴻遭風穴로 명당이다. 그 후에 바로 황희가 태어나서 50여 년 동안 네 분의 임금 밑에서 관직생활을 하면서 많은 업적을 남기고 조선의 명재상이 되었다.

현재 풍수지리 이론을 잘 활용하는 나라는 홍콩과 마카오인 듯 싶다. 홍콩은 중국 본토인 구룡 지역을 포함하여 262개의 섬으로, 제주도의 절반을 조금 넘는 면적에 723만여 명이 살고 있다. 마카오는 제주도의 60분의 1 정도지만 인구는 64만여 명이다. 이 두 지역은 인구밀도가 세계에서 가장 높으면서 1인당 국민소득 또한 세계 최상위에 속한다.

이곳에서는 양택풍수가 생활화되어 집을 지을 때부터 가구를 배치하는 일까지 모두 전문 풍수사의 도움을 받는다. 국토의 대부분이 산지인 이 지역은 토지 활용률이 낮으면서도 자연을 훼손하지 않고 자연친화적인 도시를 조성하고 있다.

1841년 영국군이 점령한 홍콩섬에는 1865년에 홍콩상하이은행HSBC을 설립하였다. 그 터는 홍콩에서 가장 좋은 명당으로 알려지고 있는데, 그래서인지 은행은 세계 최고의 영업 실적을 올리며 지금도 번창하고 있다.

홍콩이 중국으로 반환하게 되자 중국은행이 홍콩상하이은행 바로 앞에 홍콩지점을 개설하면서, 건물을 삼각형으로 지어 날카로운 면을 그 은행 정면으로 향하도록 하고, 옥상에는 큰 젓가락 모형을 세워놓았다. 칼로 베어서 젓가락으로 집어먹겠다는 뜻이라고 한다. 홍콩상하이은행에서는 이에 대응하는 상징물로 대포 모양을 한 기중기를 만들어 중국은행을 향하여 설치하였다.

그 외에도 풍수와 관련한 상징물은 여러 곳에서 발견된다. 고층 아파트를 지으면서 맨 아래층은 구멍을 내어 산에 사는 용들이 목마르면 물을 마시러 다닐 수 있도록 길을 만들어놓기도 하였다.

풍수지리는 산과 물과 방위와 사람의 조합을 이념으로 삼는다. 산과 물이 만나서 지기를 잉태하여 만물에게 영향을 미친다고 한다. 즉 풍수의 원리는 기의 작용으로 보는 것이다. 기는 그 크기가 한이 없고 작기 또한 한이 없다고 한다.

지구는 용맥을 따라 기가 흐르고 그 기가 모이는 곳이 명당이다. 소우주로 보는 인간 또한 인체는 경맥으로 연결되어 혈액과 기가 흐르며, 기가 모이는 부위가 경혈이기 때문에 서로 상통한다고 믿는다. 즉 최고의 명당은 어머니의 자궁과 같은 곳이라는 것이다.

풍수이론에서 양택은 살면서 지기를 직접 받으면 되지만, 음택은 조상과 자손과의 작용을 동기감응同氣感應으로 설명한다. 지기가 시신을 매개로 자손에게 영향을 미친다고 본다. 생전에 명당에 살면 평안하고 영광을 누리듯이, 죽어서도 좋은 곳에서 지내도록 하는 것은 자손의 당연한 도리로 여겼다.

철학자이며 수학자인 파스칼은 신神의 존재 여부에 대한 도박사의 논증Gambler's Argument에서, 분별 있는 도박사라면 신이 존재하고 천당과 지옥이 있다는 데에 내기를 걸라고 권고한다. 그 이유로 신이 존재하면 천당에서 영생을 얻을 것이며, 신이 없더라도 생전에 기도한 일이 손해는 없을 것이기 때문이다.

반대로 신이 존재하지 않는다는 쪽에 내기를 걸고 그것이 사실이라면 생전에 두려움 없이 쾌락을 누렸으나, 신이 있다면 영생의 기회를 놓치고 어쩌면 영원히 지옥생활을 하게 된다고 한다.

풍수론에서 일부는 종교 이념과 맥락을 같이 하면서 조상숭배 사상이나 자연과 함께 하려는 노력은 동양의 오랜 전통과 관습이었다.

근세에 들어 문화와 생활여건의 변화로 인하여 풍수에 대한 개념도 미약해지고 있다. 특히 음택인 경우 당대보다는 2~3대 이후에 영향을 미치기 때문에 요즘 시대 사람들의 인생관과는 거리가 멀다. 묘지가 없어지면서 가족과 친척의 관계가 소원하게 되고, 고향이나 국가관에 대한 애정 또한 사그라지고 있다.

그러나 동서양을 막론하고 변하지 않은 것은, 자기의 운명을 예견하여 그에 대응하면서 신에게 의지하여 자자손손 영화를 누리려는 욕망이 아닐는지. (2016)

서생원전

조선시대 때 소과에 급제한 선비를 생원이라 불렀다. 또 글줄이나 읽은 나이 든 어른을 일컫기도 하였다. 어찌 됐건 생원은 일반인보다는 학식이 있고 똑똑하여 향촌에서 존경받는 지도자를 지칭하였다.

어떤 이유에서인지는 모르겠으나 우리 조상들은 쥐에게 생원이라는 칭호를 달아 '서생원'으로 불렀다. 아마도 머리가 좋고 생활환경에 잘 적응하는 능력이 있어서 붙여진 이름이 아닌가 생각된다.

아득한 옛날 옥황상제께서 모든 동물들에게 특별담화를 발표하였다.

"이번 정월 초하룻날 나에게 세배하러 온 동물들 중에서 선착순으로 열두 번째까지 큰 상을 내리겠다."

걸음이 느린 소가 이 소식을 듣고 전날 밤부터 걷기 시작했다. 이 정보를 입수한 쥐가 길목 중간 언덕빼기에 숨어 기다리다 소가 지나갈 때 몰래 올라탔다. 동이 틀 무렵 궁전 문이 열리자, 소가 맨 먼저 도착하여 문 안으로 들어서는 순간 뿔 위에 있던 쥐가 뛰어내려 일등을 차지했다. 상제는 도착한 동물들에게 순서대로 역할을 정하고 지구로 내려가서 땅의 기운을 받으며 평안히 살도록 하였다. 이것이 바로 역학에서 말하는 10간 12지 중 12지지를 지칭한다.

복희씨가 중국 땅을 다스리던 시절, 평화롭던 동물세계에 위기가 닥쳐왔다. 황제는 백성들이 추위에 떨고 있는 것을 안타깝게 여겨 동물 가죽을 벗겨 옷을 만들어 입는 방법을 일러 주었다. 이 소식을 전해 들은 쥐의 족장은 문중의 멸문지화를 면하려고 모든 일가를 거느리고 험한 산의 굴속으로 피난하여 대대로 숨어 살며 세계적인 가문으로 번성시켰다.

내가 서생원 일가의 전쟁을 선포한 것은 그들이 살생을 했기 때문이다.

평소에는 닭장 안에서 닭과 참새와 서생원이 함께 생활하는 모습에 별로 관심도 없었다. 사료를 축내는 정도야 어쩌랴 싶었다. 때때로 쥐구멍을 돌멩이로 막거나 삽으로 흙을 떠서 발로 툭툭 밟는 정도로 지내왔다.

그런데 토종닭이 병아리를 까고 보름 정도 되었을 때이다. 아침에 사료를 주면서 살펴보니 병아리가 한두 마리씩 줄어드는 것이었다. 나는 그 이유를 알아내려고 애를 태웠다. 그러나 아무리 주변을 탐색해보아도 외부의 침입 흔적은 찾지 못했다.

그러던 어느 날 아홉 마리 중 마지막 한 마리가 남았을 때 증거를 발견하였다. 쥐구멍에 병아리가 죽은 채로 처박혀 있는 것이었다. 몸집이 큰 병아리를 굴속으로 끌고 가다 걸려서 그냥 둔 것이 분명했다. 그제야 의문이 풀렸다. 낮에는 어미가 지키고 있으니 감히 범접하지 못하고, 밤눈이 어두운 어미닭을 피하여 밤에 병아리를 훔쳐갈 수 있었다. 몇 달 후에 깐 병아리도 똑같은 일이 반복되었다.

나는 즉시 전쟁을 선포했다. 이 녀석들을 꼭 잡아서 원한을 풀리라.

첫 단계로 약을 투입했다. 닭 때문에 밖에 둘 수 없어 쥐구멍 안으로 조금씩 투입해서 지켜보았다. 며칠 지났으나 달라진 것이 없었다. 작전 실패다. 두 번째 단계로 찍찍이 병법을 사용했다. 구멍 입구에 나오면 바로 달라붙을 수 있도록 병기를 설치하여 큰 전과를 이루었다. 십여 일 동안에 열댓 마리나 포획했다.

그러나 이 작전도 오래가지 않아서 적군이 이를 타파할 방법을 개발해내었다. 나오면서 발로 흙을 찍찍이 위에 덮어 씌워 병기를 무력화시켜버렸다. 그렇다면 나도 세 번째 병법을 쓰기로 했다. 올가미 작전이다. 가느다란 철사로 올가미를 만들어 쥐구멍 입구에 설치했다. 나오는 순간 목에 걸려서 열두어 마리 교수형에 처했다.

그러나 그 명석한 서생원이 그냥 당하고만 있겠는가. 녀석들이 구멍에서 나오면서 주둥이로 올가미를 쑥 밀어내어 철거해버렸다. 이제 나의 병법은 다 소진되었다. 아무리 소탕한다 해도 내 병법으로는 서생원 가족의 인해전술을 당해낼 수 없었다. 쥐 한 쌍이 일 년에 천이백여 마리를 생산해낸다고 하니 승산이 없다. 물론 바닥을 시멘트로 바르면 되지만, 그것은 닭에게 고통을 안겨주니 채택할 방법이 못 된다. 할 수 없이 내가 병아리 까는 일을 포기할 도리밖에 없어 항복을 선언했다.

백기를 드니 평화는 당분간 지속되었으나 뜻밖의 일이 일어났다. 전국적으로 조류독감이 번지면서 우리 지역에도 침입하였다. 해당 지역 내에 있는 모든 닭과 오리는 신고해야 하고, 그것은 살처분 대상이라며 당국에서 모두 잡아갔다.

텅 빈 닭장 안에 서생원 가족들만 들락거린다. 이 기회를 이용하여 가장 재래식 병법인 쥐덫을 사용하기로 했다. 사흘 동안 아무 소식이 없어 너무 낡은 병법은 안 통하는 줄 알았다.

그러나 다음 날 한 놈이 걸려들었고 성과는 계속 되었다. 그렇게 일주일쯤 되었을 때 쥐덫에 낀 쥐가 머리통만 남기고 몸통이 사라졌다. 서생원 일가가 동족의 살점을 뜯어먹은 것이다. 배고픈 자의 진면목을 깨닫게 해준 사건이었다. 십여 일이 지나자 서생원 일가는 종적을 감추었다. 식량이 없으니 견디지 못하고 모두 다른 진지로 떠난 모양이었다.

나는 비로소 손자병법의 의미를 알게 되었다. 전쟁에서 가장 뛰어난 용병술은 '백전백승이 아니라 싸우지 않고 이기는 법'이라는 것을.

쥐는 뛰어난 미각으로 독성물질 3ppm까지 감지할 수 있으며, 경계심이 많아 새로운 먹이는 소량씩 섭취하여 반응을 살피는 섬세함이 있다. 이들이 살고 있는 굴속을 파보면, 출입구는 하나인데 내부에는 두세 갈래의 길을 만들어 땅굴의 원조다운 치밀함을 갖추었다. 매우 약삭빠른 동물이다. 이를 빗대어 인간사회에서도 '쥐새끼 같은 놈'이라는 속어가 생겨났다.

이제 나는 이들에게 그 생원 직함을 박탈하려 한다. 생원이 어찌 그렇게 포악한 살생을 한단 말인가. 살계자殺鷄者, 그대에게 영구 추방을 명하노니 다시는 우리 닭들의 영역을 침범하지 말지어다.

그로부터 한 달여가 지난 뒤에 닭장에는 새로운 닭들이 들어와서 알을 낳으며 참새 가족과 함께 평화롭게 살고 있다.

전쟁과 평화는 먼 곳에 있는 것이 아니라 아주 가까운 곳에 있음을 알게 되었다. (2018)

05

어머니의 밥상

빈 무대 옆에서

밥 이야기

공짜로 얻는 것들

쟁기

함박눈이 보내온 선물

길마

참깨를 털며

라면을 먹으며

어머니의 밥상

농자천하지대본

어른 노릇 하기

빈 무대 옆에서

장끼가 돌담에 앉아 호쾌하게 날갯짓 치던 날
장이나 담그려고 푸르대콩 한 됫박을 심었더니
눈치 싼 새들이 몰려와 모두 먹어 치워버렸다
이번에는 새들이 싫어하는 붉은 색을 씨앗에 발라
깊숙이 고이고이 묻어놓았더니
며칠 후 빨간 모자를 쓴 콩이 살며시 머리를 내밀자
기다렸다는 듯이 잽싸게 잘라먹고 말았다

"못된 놈들, 내년 종자라도 남겨놓지 않고……."

얼마 후 그 자리에 메밀 씨를 뿌려두었더니
새들의 눈을 피해 감쪽같이 자라난 녀석들이
소금꽃을 활짝 피워 향연을 벌이고 있다
세상에서 가장 화려하고 향기로운 무대
아침이면 벌들이 연주하고 나비들은 왈츠를 춘다.
단골관객인 나에게는 무료입장 시켜놓고

지휘자도 없이 연습 한 번 하지 않았는데
그들과 밀어를 나누며 바람결에 몸을 흔드는 폼이
천국에서나 볼 법한 뮤지컬을 방불케 한다
공연시간은 오전 반나절이면 족하다
나는 아침마다 그 공연을 관람하고 돌아와
밀감의 향기를 마시며 상쾌한 하루를 연다
연주자들이 줄줄이 떠난 늦가을 오후 무대 위에는
아직 공연을 마치지 못한 게으른 몇몇 댄서들이
메밀 씨가 익어가는 줄도 모르고 오수를 즐기고 있다
밭담 너머 나뭇가지 사이에는 숨은 새들이
지루하게 내 눈치를 살피며 안절부절 못하고
서쪽 산을 넘어가던 노을이 잠시 무대조명을 밝히자
나는 적막이 깃든 빈 무대 옆에서 커피 한 잔을 마시며
흰 눈이 내리던 날 어머니가 손수 만들어주시던
그때 그 메밀전병을 그리다가 조용히 막을 내린다

밥 이야기

근래 들어 내가 밥을 지어 먹는 일이 종종 있다. 농장에서 지내는 시간이 많아 내가 먹고 싶은 것을 만들어 먹으려 하기 때문이다. 물론 아내가 만든 기본적인 반찬과 한 끼 먹을 만큼씩 비닐에 싼 밥이 냉장고에 보관되어 있다. 대부분은 이를 그대로 먹지만, 갓 지은 따뜻하고 구수한 냄새를 풍기는 밥이 그리울 경우가 있다. 이럴 때 밥을 짓는다. 전기밥솥이 아니라 조그마한 가마솥에 밥을 약간 태워 누룽지밥을 짓는다. 이 밥에 반숙란 두 개와 쪽파나 달래 무침과 같은 채소를 넣고 참기름으로 버무리면 맛있는 비빔밥이 된다.

어린 시절, 새벽닭이 홰를 치며 깨우는 소리에 창문을 열면 온 동네 굴뚝에서 피어나는 입김이 정겨웠다. 검은 연기가 성난 모습으로 치솟는가 하면, 솜뭉치 같은 덩어리가 떠다니기도 하고, 하얗고 엷은 연기가 끊길 듯 말 듯 하는 집도 있었다. 나는 이 연기를 보면서 그 집의 밥 짓는 상태를 가늠해보기도 하였다. 검은 연기는 이제 막 불을 지피고 있을 터이고, 흰 연기가 무더기로 오르는 집은 밥이 끓고 있을 것이며, 엷고 가느다란 연기는 뜸을 들이는 중임에 틀림없다.

하늘에는 별들의 눈동자가 아직도 또렷한데, 서쪽에 걸려 있는 쓰다버린 낫 쪼가리 같은 달은 슬픈 얼굴을 감추지 못한다. 이때 외양간 송아지와 우리 속의 돼지가 배고프다고 야단들이다. 아버지는 이들에게 아침을 먹이고 밭에 나갈 채비를 하시느라 집안이 분주하다. 그때부터 나는 새벽형 스타일로 길들여져 저녁에는 일찍 자고 새벽에 공부하는 버릇이 생겼다.

나는 초등학교 삼학년 때부터 밥을 지었다. 부모님이 늦게까지 밭일을 마치고 돌아오면 밥 짓는 일이라도 덜어드리고 싶은 마음에서다. 어머니가 일러준 대로 보리쌀과 물의 양을 알맞게 넣고 불을 지핀다. 불을 지피는 일에도 요령이 따른다. 짚이나 솔잎과 같은 검불에 불을 붙인 후에 쏘시개나무로 불길을 올려 장작이 타도록 해야 한다.

솥에서 증기기관차처럼 수증기가 내뿜으면 장작을 일부 빼내어 국솥으로 옮겨 국을 끓인다. 보리쌀이 불었다 싶으면 좁쌀을 골고루 뿌리고 밥이 눌 듯 말 듯 할 즈음 불을 끄고 잉걸을 재로 덮어 뜸들이면 된다. 밥맛은 물의 양과 불의 강약 조절, 그리고 뜸들이는 방법에 따라 달라진다는 것을 그때 알게 되었다. 나는 밥물이 넘치면서 풍기는 그 냄새가 정말 좋았다.

여름에는 밥을 지은 뒤에 집 근처 콩밭에서 콩잎을 한 채롱 뜯어오고, 텃밭의 풋고추도 따다 놓았다. 된장을 떠다 양념장도 만들었다.

그 시절에는 보리밥이라도 굶지 않으면 잘 사는 집이었다. 겨울철은 농한기여서 할 일이 별로 없었다. 밤은 길고 낮은 짧아 느지막이 아침을 먹고, 점심은 고구마로 대충 때웠다가 저녁은 죽을 끓여 먹었다. 어머니의 식량 절약 방법이었다. 어머니는 때때로 고구마밥을 지었는데, 나는 그 고구마가 먹기 싫어 보리쌀만 골라먹느라 굴을 파다 호된 꾸지람을 듣곤했다.

제삿날이나 명절은 쌀밥을 먹을 수 있는 기회였지만 그 양이 밥사발 밑바닥을 겨우 감출 정도였다. 음복은 참석한 사람들에게 반기를 돌렸는데 떡 약간과 과일 한 조각, 그리고 육적 한 점이 전부였다. 그런데 육적은 웃어른부터 나누다 모자라서 내 차례까지 돌아오지 않을 적에는 그 허탈감이라니……. 요즘이야 어린애부터 챙겨주지만, 그 당시는 어른이 우선이고 애들은 어른 옆에 앉는 것조차 허용되지 않았던 터라 으레 그러려니 하고 자랐다.

지금도 잊지 못할 밥이 있다. 잔칫집이나 상가에 가면 보리와 쌀과 붉은 팥을 섞어 지은 반지기밥을 큰 주발에 고봉으로 담고, 그 위에 손바닥만한 돼지고기 석 점과 두부, 전 등을 꼬챙이에 꿰어 밥 위에 꽂아서 주었다. 국은 돼지뼈를 고아 모자반을 넣고 끓였으니 그 맛이 일품이었다.

군에 입대하여 훈련을 마치고 조치원에 있는 운전교육대로 가게 되었다. 교육도 힘들었지만 배고픈 게 더 견디기 어려웠다. 밥은 큰 가마솥에 발처럼 생긴 것을 깔고, 보리에 쌀을 조금 섞어 쪄서 고두밥을 만들어주었다. 배고프면 보이는 게 없는 법. 어떤 교육생들은 잔반통에 버려진 음식쓰레기를 손으로 골라먹는가 하면, 조교들이 식사하는 뒤에서 기다리다 수저를 내려놓기 바쁘게 달려들어 남긴 밥과 반찬을 먹다 두들겨맞기도 하였다.

어느 겨울 날, 내가 식당 근처에서 야간보초를 서서 순찰하다가 식당 안에 뭔가를 발견하였다. 문은 잠겨 있지 않아서 안으로 들어가 보니 큰 함지박에 두부가 물에 담겨 있었다. 꽁꽁 언 두부 세 모를 가지고 나와 화장실 뒤로 가서 먹고, 또 세 개를 더 훔쳐 먹었다. 교대 시간이 되어 두 개를 가지고 막사로 돌아와 불침번을 서고 있는 동료에게도 주었다.

교육을 마치고 부대 배치를 위하여 동료 한 명과 모 부대를 찾아가던 길에 잠시 그의 집에 들렀다. 도착한 시간이 밤 열시 경. 그의 어머니는 밥을 지어 상을 내왔는데, 흰 쌀밥을 큰 사발에 눌러 담고 돼지고기 찌개까지 곁들여서 배가 터지도록 먹었다. 사십 년이 지난 지금도 그 밥맛은 잊을 수가 없다.

나는 어릴 때 할머니와 함께 살았다. 서른에 홀로되신 할머니는 두 아들을 키워 분가시키고 나니 내가 유일한 말벗이었던 모양이다. 나는 늘 할머니 옆에 앉아 밥 짓는 것을 지켜보았다. 부지깽이로 아궁이를 연신 쑤셔가며 인생사를 늘어놓았는데, 밥물이 흐를 쯤 할머니 눈에서도 눈물이 흘러내렸다. 그 후 어머니도 밥을 지으면서 할머니와 똑같이 하는 것이었다.

나는 매일 밥을 먹으면서도 밥에 대한 의미를 모르고 살아온 것 같다. 밥은 허기진 배를 채우는 수단이 아니라 생명의 근원이요, 어머니의 사랑이며, 눈물이었던 것이다. 밥상에는 자연의 섭리가 깃들어 있고 인생이 있으며, 그 시대의 역사가 있다.

한 그릇의 밥이 되기 위해서는 농부의 오랜 기다림과 얼마나 많은 인고의 노력을 기울였던가. 더구나 밥 짓는 이의 정성에 따라 밥맛이 달라짐을 가볍게 볼 일이 아니다. 요즘에는 밥보다도 반찬에 더 많은 비중을 두고, 밥맛을 반찬으로 대신하려는 듯하여 뒷맛이 개운치 않다.

밥맛은 밥을 짓는 솥과 재료와 땔감에 따라 달라진다. 전자제품에서 지은 밥은 어쩐지 정성이 모자란 듯하고, 냄비의 밥은 뜸이 덜든 생각이 든다.

큰 가마솥 밥과 그 누룽지가 먹고 싶은 계절이다.

나는 언제면 가마솥에 장작불을 지펴 잘 뜸들여진 보리밥과 같은 글밥을 지을 수 있을런지……. (2011)

공짜로 얻는 것들

세상에는 공짜로 얻는 것들이 많이 있다. 더러는 너무 많아서 있는 것조차 느끼지 못하고 지내기도 한다. 햇볕과 공기가 그러하다. 이것들은 누구에게나 공평하게 나누어주며 필요한 만큼 가져가도록 허용한다. 조물주가 베푸는 첫 번째 시혜다.

낮과 밤, 덥고 추움, 가뭄과 비를 내려 성장과 멈춤을 적절히 조절한다. 조물주의 두 번째 은혜다.

바다와 강, 산과 들에서 나는 온갖 먹을거리들. 여기에는 영양 섭취뿐만 아니라 질병을 다스리는 것들이 함께 존재한다. 이것이 자연이 주는 세 번째 혜택이다.

내가 어릴 적 살던 시골집은 텃밭과 마당이 있었다. 마당 한 모퉁이에는 보릿짚과 목초를 쌓아놓은 노적가리가 자리를 차지한다. 이 노적들은 처음에는 지붕보다도 높았다가 이듬해 봄이 될 무렵이면 몸집이 아주 왜소해진다. 이 낮은 보릿짚가리를 파고 들어가 앉으면 봄볕이 살며시 찾아와 품어준다. 그러면 내의를 벗어 이蝨를 잡다가 잠이 들기도 하였다.

여름방학이 되면 거의 매일 밭에 나가 김을 매었다. 뙤약볕에 쏟아지는 땀방울을 소매로 닦아내며 숨을 고르다 밭 귀퉁이에 있는 소나무 아래서 잠시 쉬노라면, 솔바람이 선들선들 다가와 온갖 괴로움을 다 갖고 떠나간다.

밤에는 마당에 멍석을 깔고 누워 하늘의 별을 헤아리다 잠이 들었다. 또렷이 보이는 별은 북두칠성과 샛별이었다. 늘 같은 위치에서 크게 빛나고 있는 모습을 보면서 미지의 세상을 상상해 보고는 하였다. 떠오르는 태양을 보면 가슴이 뜨거워지고, 깨어진 접시조각 같은 달이 서녘 하늘에 걸려 있으면 쓸쓸해졌다.

우리 농장에는 새들이 많이 산다. 꿩을 비롯하여 까치와 산비둘기, 직박구리처럼 몸집이 큰놈과 동박새나 참새처럼 조그마한 녀석들이 수없이 들락거린다. 가끔은 까마귀와 뻐꾸기가 지나가며 목청을 돋운다. 이들은 과일이며 콩과 메밀 같은 농작물을 쪼아대며 망쳐놓는다. 나는 그물을 치고 반짝이는 줄을 매달아 단속하지만 별무신통이다. 요즘에는 노루도 자주 다녀간다.

그래도 나는 그들이 좋다. 그들의 노래가 좋고, 노래가 없어도 보는 것만으로도 마음이 평안해진다.

제초제를 사용하지 않아서인지 식물들은 더 많이 정착한다. 봄에는 쑥, 달래, 냉이, 참비름과 곰취, 머위, 두릅, 방풍과 같은 산나물들이 널려 있다. 이들 중에서도 나는 쑥국과 냉이국, 그리고 달래무침을 더 좋아한다. 그뿐이랴. 여름에는 방울토마토, 들깨, 쑥갓, 상추, 부추 등 먹을거리가 넘쳐난다. 이들은 한 번 심었다 하면 매년 그 자리에서 자손을 번식하며 대를 이어간다. 가을에는 농장 한 구석에 자리하고 있는 감, 배, 무화과, 포도들이 모양을 내며 내 손을 기다린다.

나는 버섯이 피어나는 초가을이 좋다. 갓처럼 생겼다 하여 '큰갓버섯'이라고 명명된 이 버섯은 우리 고향에서는 흔히 '말똥버섯'이라 부른다. 촉촉이 비가 내리고 나면 농장 곳곳에는 하얀 버섯들이 모습을 드러낸다.

지난 초가을, 매주 만나는 친구 다섯 사람이 산에 올랐다. 전날까지 사흘 동안 비가 오락가락 했던 터라 산에는 습기가 많았다. 그리 높지 않은 산이라 둘레를 한 바퀴 돌고 정상에 올랐을 때 나는 눈을 의심했다. 풀밭 속에 하얀 삿갓들이 수없이 널려 있었다. 모두 환성을 질렀다. 이렇게 크고 많은 버섯이 몰려서 피어나 있는 것을 처음 보았다. 캐어낸 버섯은 친구들과 나누어 가졌다.

그 중에는 독버섯이 섞여 있지나 않을까 하고 미심쩍어 하면서도 내가 강력히 권하는 바람에 가지고 간 친구도 있었다.

나는 친구들에게 독버섯을 구별하는 방법과 요리법을 일러주었다. 외형만으로는 가려내기가 쉽지 않다. 냄새를 맡아보면 독버섯은 향이 없고, 먹는 버섯은 고소한 냄새가 난다. 버섯을 꺾어보면 독버섯은 바로 붉은 색으로 변하지만, 먹는 버섯은 아무런 변화가 없다.

말똥버섯 요리에는 돼지고기가 찰떡궁합이다. 그것도 기름기가 적당히 섞인 앞다리나 목살이 좋다. 더욱 맛있게 먹으려면 숯불구이를 해야 한다. 버섯을 숯불 위에 올려놓고 참기름을 듬뿍 푼 재래식 간장을 칠하면서 구우면 그 향과 맛이 일품이다.

며칠 후에 야생 버섯을 처음 먹었다는 친구로부터 전화가 왔다. 다짜고짜 불만을 털어놓는다.

"야, 마누라가 그럴 수 있냐? 너도 절대로 마누라 믿지 마라."

사연인 즉 그날 저녁 내가 일러준 대로 찌개를 끓였더니 맛이 좋았으나 아내는 한술도 뜨지 않고 자기 혼자 먹었다고 했다.(그는 식당을 운영한 경험이 있어 요리 솜씨가 좋다.) 그런데 그 다음날은 아내가 맛있다며 잘 먹더라는 것이었다. 이러한 행동은 남편을 실험대상으로 삼은 게 분명하다며 열을 올렸다. 나는 미안한 마음에 어떤 말을 해야 할지 머뭇거리다 이렇게 말했다.

"이 사람아, 아내의 깊은 뜻을 그렇게 모르겠나. 자네가 혹시라도 독버섯을 먹고 쓰러지면 구해낼 사람이 있어야 할 게 아닌가."

"아 맞아, 그랬을지도 모르지."

우리는 한바탕 웃고 말았다.

한평생을 살면서 공짜로 얻는 것이 헤아릴 수 없이 많지만, 그중에서도 나는 부모님의 사랑을 제일로 치고 싶다. 그 사랑은 봄볕과 솔바람 같아서 아무리 사용해도 줄어들지 않는다.

이 세상에 공짜로 얻는 것들이 없다면 어찌 살 수 있으랴마는,

그것을 느끼지 못하는 것이 범부의 인생이던가.

요즘 세대들이 사람의 가치를 돈의 무게로 평가하고, 만사를 돈으로 해결하려는 세태를 보면서 자연의 섭리를 거스르는 것 같아 내 어릴 적 시절이 그리워진다. 이러다 언젠가는 햇볕과 공기와 부모의 사랑마저 돈을 주고 사서 쓸 날이 오지 않을까 하는 부질없는 기우를 해본다. (2013)

쟁기

콩을 심으려고 관리기로 밭을 갈았다. 기계의 엔진 소리와 기계가 움직이는 모습을 보며 핸들과 액셀러레이터를 조절하면서 기계를 따라가면 되었다. 참 편한 세상이 되었다.

농기계가 보급되기 전까지는 농사일 중에서 밭갈이는 아무나 할 수 없는 매우 중요한 작업이었다. 나는 중학교 일학년인 열세 살 때부터 밭갈이를 배우기 시작하였다. 쟁기질은 농부로서 갖추어야 할 필수조건이기 때문이었다.

쟁기질은 남성에게 어울리는 노동이다. 힘이 필요하기도 하거니와 서서 하는 일이라는 점에서도 여자보다는 남자에게 알맞다. 그래서 예로부터 밭갈이는 남자들의 몫이고, 김매기는 주로 여자들이 해온 듯싶다.

밭을 가는 일은 힘이 있다고 누구나 다 할 수 있는 것은 아니다. 우선 쟁기를 잘 다룰 줄 알아야 한다. 멍에를 씌울 적에는 먼저 손바닥에 침을 묻혀 소의 목이 닿는 부분을 문질러 뱀독을 없애야 한다. 다음은 멍에와 쟁기를 줄로 연결하고 소의 양쪽 뿔에 고삐를 매어 적당한 길이로 조절하면 준비는 끝난다.

세상 모든 일이 다 그러하듯 밭을 갈 때는 어느 정도의 경험과 요령이 있어야 한다. 쟁기에 너무 힘을 가하면 보습이 땅에 깊이 박혀 소가 힘들고, 너무 약하면 쟁기가 튕겨 나온다. 게다가 땅 속에 암반이나 바위가 묻혀 있는지를 미리 알아보는 안목도 있어야 한다.

소를 다루는 일도 만만치 않다. 채찍질을 세게 하여 소가 화를 내면 쟁기를 상하게 하거나 사람을 다치게도 한다. 그래서 농부는 먼저 소의 마음을 잘 읽고 사람과 소와 쟁기가 한마음이 되는 법을 터득해야 된다. 소가 무거워하는 느낌이 들면 쟁기를 살짝 올려주고, 비뚤게 가면 좌우로 고삐를 잡아당기면서 소의 발걸음을 조절해주어야 한다.

'이랴' 하면 소에게 힘을 더 쓰라는 말이고, '쩌쩌쩌' 하면 지금 잘 하고 있다는 칭찬의 소리다. 농부는 허리를 꼿꼿이 세우고 쟁기를 드는 듯 놓는 듯, 좌우로 흔드는 듯 마는 듯이 이랑과 고랑의 간격을 맞추어나간다. 밭을 갈고 있으면 까마귀가 잦은걸음으로 뒤따라오며 곤충들을 잡아먹고, 소가 쉬고 있을 때에는 잔등에 올라앉아 진드기를 떼어먹기도 한다.

밭을 갈고 나면 죽어 있던 들판이 되살아나서 숨을 쉬며 꿈틀거리는 것 같다. 사람과 소와 쟁기가 이루어낸 마법이다. 농부가 밭을 가는 것은 단순한 밭갈이가 아니라, 불행과 절망을 묻어버리고 희망을 일으키는 일이다. 태풍과 한발로 농사를 망쳤어도 농부는 다시 밭을 갈아 희망을 일구기 시작한다. 농부에게 쟁기는 절망의 땅에 새로운 시작을 꿈꾸게 하는 의지의 표상이다.

씨앗을 뿌리는 일도 밭가는 사람의 몫이다. 엄지와 검지, 중지를 이용하여 씨앗의 양을 조절하면서 고르게 뿌리기란 여간한 경험이 없으면 쉽게 할 수 없는 일이다. 씨앗은 적정량의 세 곱절을 뿌려야 한다. 그 삼분의 일은 새와 곤충이 먹고, 또 삼분의 일은 하늘이 가져가고, 나머지가 농부의 몫이다. 자연의 혜택을 입고 있으니 자연과 나누어 갖는 것은 당연한 이치가 아니겠는가.

내 고향 마을 인근에 조그만 연못이 있다. 연못이라기보다는 주변이 암반지대라서 빗물이 모이는 쪽에 돌담을 둘러쌓고 넘치지 않도록 만든 저류조 같은 곳이다. 농업용수가 설치되기 전까지는 우리 마을 사람들이 가축 음용수로 매우 유용하게 사용했다. 특히 여름철에 연못 주변 농장에서 밭갈이를 마친 소의 갈증을 푸는 데 필수적이었다.

쇠죽이못이라 부르는 이 연못에는 애절한 사연이 전설로 내려온다.

연못 바로 옆에 젊은 과부의 열 마지기 밭이 있었다. 무더위가 절정을 이루던 어느 여름날, 과부는 동네 장정을 빌려 밭을 갈게 되었다. 사내는 아침 일찍 집을 나섰다. 쟁기꾼은 일꾼 중에서도 상일꾼이어서 대접을 소홀히 해서는 아니 된다. 살림이 궁한 집이라도 하다못해 반지기밥에 자반고등어라도 구워 올려야 일을 제대로 시킬 수가 있다.

한낮이 가까울 무렵, 과부는 점심을 준비하고 장정이 배고플 것을 생각하며 발걸음을 재촉했다. 헌데 밭에 도착해 보니 사내는 밭은 갈지 않고 쟁기를 꽂아둔 채 큰 소나무 밑에서 잠만 자고 있었다. 과부는 화가 치밀었지만 잘못 건드렸다가는 일을 하지 않고 가버릴까 봐 꾹 참았다.

점심을 차려놓고 "아이고 얼마나 배고팠을거라. 밥이 일을 허여" 하며 어서 밥을 먹으라고 하였다. 그 소리를 들은 장정은 밥을 보자기에 싸서 세워둔 쟁기에 매달면서 "네가 밭 갈아라"하고 돌아와 드러누워버렸다. 밥이 일한다고 했으니 밥더러 밭을 갈라는 것이었다.

이쯤 되면 더이상 무슨 말이 필요하겠는가. 과부는 소에 채찍을 가하여 밭을 갈기 시작했다. 사람이 오기가 발동하면 무서운 힘을 발휘하는 법이다. 잠시도 쉴 틈을 주지 않고 소를 몰아붙여 장정이 하루 종일 해야 할 일거리를 오후 한나절 만에 해내었다.

과부는 혀를 빼문 채 가쁜 숨을 몰아쉬는 소를 연못으로 데리고 가서 물을 먹였다. 한참동안 물을 먹던 소는 그 자리에 주저앉더니 다시는 일어나지 못했다.

젊은 시절 홀로되신 할머니가 당신이 겪은 일인 양 이 이야기를 들려주며 눈시울을 적시던 모습이 지금도 잊지 못한다. 과부라고 업신여겨 심한 장난질을 친 장정과 이에 분노한 과부의 오기가 애꿎은 소의 목숨을 앗아간 것이다.

농작물은 정직하다. 하늘이 시키는 대로, 사람이 하는 만큼 꼭 그만큼 보답한다. 농사를 짓는 방법도 농사의 규모와 작물에 따라서 다르다. 호미나 괭이로 해야 하는 것과 관리기나 트랙터와 같은 농기구로 하는 일이 따로 있다.

뿐만 아니라 농작물의 생태를 알기가 사람 마음속 알기보다 더 어렵고, 더구나 하늘의 도움 없이는 성공하기란 불가능하다. 그래서 나에게 가장 어려운 일이 농사짓는 일이 아닌가 하는 생각을 하게 된다.

그래도 나는 농사일을 버릴 수가 없다. 밭을 갈면 죽었던 자연이 되살아나고, 씨앗을 뿌려 싹이 트고 자라는 모습을 보며 생기가 돌고, 수확을 하면서 성취감을 느낀다. 이것이 내가 살아가는 희망일지도 모른다.

농사는 쟁기질에서부터 시작된다. 따라서 쟁기질 잘하는 사람이 유능한 농부다.

오늘도 나는 통통거리는 관리기의 장단에 맞추어 깨어나는 들판의 모습에 콧노래를 부르며 조심스레 콩알을 심는다. 수필 한 알을 심는다. (2007)

함박눈이 보내 온 선물

올해는 유난히도 눈이 자주 내린다. 아침에 일어나 창문을 열자 한라산이 코앞에 다가와 있다. 설문대할망이 옥양목 치마를 펼쳐 덮었는지 온 대지가 하얗다. 나무들도 솜털 옷으로 갈아입었다. 창밖의 자밤나무에는 산비둘기와 이름 모를 작은 새 몇 마리가 웅크리고 앉아 눈만 멀뚱거린다. 뿌연 하늘에서는 다시 함박눈이 맴돌며 사분사분 내려앉는다.

이런 날 직장에 다닐 때는 출근 걱정에 산의 설경조차 제대로 바라보지 못했는데, 이제 그럴 염려가 없으니 짐 하나를 내려놓은 셈이다. 직장에서 물러난 자에게도 이런 즐거움이 있다는 사실에 미소가 번진다. 한라산과 수많은 오름들, 그리고 바다가 지척이다. 마음만 먹으면 언제든지 갈 수 있는 곳이 아니던가.

창가를 서성거리다 보니 마음은 이미 산중에 가 있다. 산의 손짓을 뿌리치지 못해 친구를 불러내어 한라산을 오를 요량으로 집을 나섰다. 장비를 갖추고 등산로에 다다르자 '입산통제' 팻말이 쇠사슬에 매달려 있다. 아쉽지만 행선지를 주변의 작은 오름으로 바꿨다.

눈 속에 발을 묻으며 하늘조차 보이지 않은 산길을 뽀드득 소리를 내며 걷는다. 아직 누구도 범하지 않은 지구의 한 자락에 발자국을 남기며 걷고 있다는 사실에 희열을 느낀다. 가다가 뒤돌아보면 함박눈이 내 족적을 흔적도 없이 지워버린다. 발자국을 만들었다 지웠다 하면서 결국은 아무것도 남기지 못하고 떠나는 것이 인생이 아니던가. 대여섯 마리의 노루 가족이 저만치 뛰어가다 멈춰 서서 뒤돌아본다. 저들도 자기가 남긴 발자국이 지워지는 것을 아쉬워하는 것일까?

내가 어렸을 적에는 많은 눈이 쌓여 문밖 출입하기도 힘들 때가 종종 있었다. 이럴 때 아버지는 방안에서 망태기나 멍석을 짜기도 하고, 어머니는 주로 뜨개질을 하였다. 나는 건넛방 아랫목에서 이불을 뒤집어쓰고 드러누워 잠을 자거나 책을 읽는 것으로 하루를 보냈다. 아무리 토끼꼬리만한 겨울 해라지만 동지섣달 긴 밤을 지새운 터라 지루하기 그지없다. 놀고 있으면 먹고 싶은 것은 왜 그리 많은지. 그런 속마음을 알아차린 듯 어머니는 어느새 메밀전병을 들이미셨다.

메밀전병을 만들려면 우선 솥뚜껑을 뒤집어 아궁이에 얹히고 장작불을 피워 불의 세기를 조절한다. 솥뚜껑이 적당히 달구어지면 돼지기름을 듬뿍 칠하고, 묽게 반죽한 메밀가루를 얇고 둥그렇게 깔아 적당히 굳어지면 뒤집어 노릇해질 때 걷어낸다. 여기에 미리 양념하여 준비한 무, 콩나물, 파 등을 넣고 말면 기다란 전병이 된다. 나는 아궁이 옆에 앉아 어머니가 전병을 만들어내는 그 고소한 냄새에 침을 삼키곤 하였다.

따끈한 메밀에 돼지고기 맛이 배어 있고 채소까지 곁들였으니 영양학적으로도 나무랄 수 없는 음식이었다. 지금도 어머니가 가끔 메밀전병을 만들어주시는데, 영 예전 맛이 아니다. 장작불과 솥뚜껑, 돼지기름 대신에 가스 불에 프라이팬과 식용유를 사용하기 때문은 아닐는지. 현대 과학문명이 어머니의 손맛마저 빼앗아 가는 것 같아 씁쓸하기 그지없다.

70년대 초반 나는 동사무소에서 말단 직원으로 근무하고 있었다. 근무지가 시내권이라고는 하나, 넓은 면적에다 변두리여서 주로 농사를 짓고 사는 시골이나 다름없었다. 그 당시 우리나라는 식량 자급자족을 위해서 증산정책을 강력히 추진하였지만, 비료가 부족하여 비료 배급제를 실시하였다. 그 업무를 내가 담당하게 되어, 농가로부터 작물별로 경작면적을 신고 받고 사실 여부를 확인하여 비료를 농가에 할당하였다. 그 양이 턱없이 모자라 농민들은 면적을 부풀려 신고하는 경우가 많았으며, 사람마다 비료가 부족하다고 아우성들이었다.

가을걷이가 거의 끝나가는 시월 하순, 농작물 생산 실태도 파악하고 지방세 고지서도 돌릴 겸해서 출장을 나갔다. 거기서 평소 안면이 있는 유자나뭇집 할아버지를 만났는데, 그 노인은 나를 집으로 끌고들어갔다. 마당에 들어서기 바쁘게 며느리에게 상을 보라고 재촉하여 메밀전병, 산적과 함께 집에서 담근 청주를 내왔다. 노인은 청주 한 사발을 비우더니 신상 이야기를 털어놓는다. 아들이 하나 있었는데 한국전쟁 때 전사하여 어제가 바로 그 아들의 제삿날이었다고 한다. 당신 연세가 팔십이 되어 죽을 때가 되었는데도 며느리가 불쌍해서 눈을 감을 수가 없다며 한숨을 지었다. 그동안 살아온 넋두리를 늘어놓던 노인이 망설이다 무겁게 입을 연다.

"저어, 비료 좀 구할 수 없을까……."

나는 노인의 심정을 읽을 수 있었다. 비료 몇 포대를 사기 위해 고심하다 마침 제사 지낸 날 나를 만나자 술 한잔 하라며 집으로 잡아끈 그 마음이 오죽했으랴 싶었다. 나는 그분이 내 할아버지처럼 느껴졌다. 그 시절엔 이렇게 모두가 인정이 넘쳤다. 지나가다 식사하는 집이 있으면 같이 먹고, 구멍가게에서 깍두기 안주에 소주를 종지에 부어 마셨으며, 돼지 추렴하는 날엔 같이 어울렸다. 월급은 적었지만 사람들과의 끈끈한 정과 믿음으로 맺어진 인연은 훗날 돈으로 살 수 없는 소중한 가치로 남게 되었다.

12월이 다 저물어가는 어느 일요일, 전날부터 눈이 내려 차량들도 체인을 감고 기어다녔다. 낮에도 눈은 그치지 않았다. 점심때가 가까울 무렵 손님이 찾아왔다. 그 유자나뭇집 노인이 며느리와 함께 온 것이다. 며느리는 큰 대바구니를 지고 있었다. 바구니를 내려놓자 그 안에는 유자와 메밀전병이 가득 들어 있었다. 할아버지는 아침부터 며느리를 재촉하여 메밀전병을 만들고 식지 않도록 감싸서 온 것이다. 더구나 그 추운 날씨에 동사무소에서 내 주소를 알아내고 십리가 넘는 눈길을 걸어서 왔다지 않은가.

나는 이 할아버지 선물을 거절할 수가 없었다. 너무 송구스러워 차비라도 하시라며 천 원짜리 한 장을 쥐어드렸더니 화를 내며 거절하는 바람에 민망했다.

여든 살 시아버지와 육순의 며느리가 나란히 걸어가는 골목길이 좁아 보인다. 함박눈은 노인을 따라가며 구부정한 어깨 위에 내려앉는다. 그 무게가 힘에 부치는 듯 노인의 지팡이가 휘청거렸다.

나는 지금까지 그토록 귀중한 선물을 받아본 적이 없다. 함박눈처럼 소박하고 진실한 마음을 담은 그런 선물이 이 세상에 또 있을까.

요즘도 나는 함박눈 내리는 날이면, 흰 두루마기에 털모자를 쓴 한 노인이 문밖에 서 있는 듯한 착각에 빠질 때가 있다. 겉으로는 소박하게 살아가는 촌로에 불과하지만, 속으로는 유자처럼 진한 향기와 메밀전병 같은 고소한 맛을 지니고 있어서 이따금 내 마음을 흔들어 놓곤 한다.

눈은 쉬지 않고 내린다. 눈 덮인 한라산과 그 노인의 얼굴이 하나로 겹쳐져 떠올랐다 사라진다. 그 어른이 천상에서 극락왕생하기를 기원한다. (2010)

길마

가을은 마음을 설레게 한다. 서쪽 하늘 자락에 외롭게 떠 있는 하얀 조각구름이 솔바람에 실려 어디론가 흘러가고 있다. 참새 떼들이 회의를 하는지 한참 동안 떠들어대더니 삽시간에 날아가 버린다. 가을 하늘은 텅 비어 있다.

노꼬메 오름에 올랐다. 사슴이 하늘에서 내려와 살았다고 해서 붙여진 이름이다. 높이가 834미터로 그리 높은 편은 아니지만, 중간쯤에 가파른 능선이 있어서 제법 땀을 흘려야 오를 수 있다. 정상에 오르니 동서로 비스듬히 누운 한라산이 근엄한 표정으로 내려다보고 있다. 산등성이마다 나무를 떠날 잎사귀들의 빛깔 잔치가 한창이다. 보내는 나무는 무심한데 떠나는 잎은 곱게 단장을 하고 있는 것이다.

나는 지금 어떤 빛깔일까. 노랑색일까 아니면 주황색일까. 옆 언덕배기에서는 억새들이 한여름 동안 기른 은빛 머리를 풀어 군무를 시작한다. 노루 가족도 경중경중 춤을 추고 있다. 지나가던 산바람이 그 모습에 혹해서인지 걸음을 멈칫거린다.

나는 풀 위에 주저앉아 가지고 온 매실차 한 잔을 마신다. 새콤한 향이 몸속을 감돌고 나와 하늘로 날아갔는지 속은 텅 비어 있는 느낌이다. 그 공허한 빈자리를 단풍과 억새꽃으로 물들이고, 가슴에는 소슬바람이 들어와 앉는다.

산 밑에는 풀을 뜯고 있는 소떼들이 한가롭다. 그 앞을 가로질러 목초를 높게 실은 화물차 두 대가 스쳐 지나간다. 과학문명은 사람만이 아니고 짐승들에게도 편한 생활을 하게 만들었다. 예전 같으면 저 소들은 길마를 지고 목초를 나르느라 쉴 틈이 없을 시기이다. 요즘 젊은이들이 등짐을 질 줄 모르듯, 짐승들도 길마를 모르고 자라니 새삼 격세지감을 느끼게 한다.

감귤을 재배하기 전까지 우리 집에는 소를 키웠다. 소는 밭을 갈고 짐을 실어 나르는 데에 없어서는 안 될 농사꾼이었다. 소가 세 살이 되면 먼저 밭가는 일부터 가르쳤다. 멍에를 씌우고 쟁기 대신 돌을 매달아 끌게 하는데, 처음에는 어찌나 날뛰는지 사람과 소가 한바탕 소동을 벌인다. 이렇게 열흘쯤 훈련을 시키고 나서 짐 나르는 법을 가르친다. 소는 농사일을 배우면서부터 비로소 가족이 된다.

10월은 날씨가 건조하고 서늘하여 목초하기에 알맞은 달이다. 지금처럼 개량초지가 없던 때라 한 달 동안은 소의 겨울 먹이를 준비하여야 한다. 새벽 첫 닭이 울면 어머니는 밥을 지어 점심을 싸고, 아버지는 소에게 먹이를 주며 길마를 채워 목초 베러 갈 채

비를 한다. 이슬 내린 새벽길을 소와 함께 두어 시간 걸어 초지에 도착할 때쯤 해가 떠오르려 한다.

온종일 목초 베는 작업을 하다가 해가 질 무렵이면 목초를 묶어 소에 짐을 지우는데, 그 과정이 매우 복잡하고 힘이 든다. 잘못 실었다가는 도중에서 무너져내리기 때문이다. 힘이 센 수소인 경우 한 쪽에 30묶음씩 60다발을 싣는데, 양쪽이 무게 균형을 이루도록 엮어야 한다.

내가 중·고등학교 다니던 시절, 쉬는 날이면 소 모는 일을 도맡아 했다. 부모님께서는 무거운 짐을 잔뜩 지어 뒤에서 따라오고, 나는 가벼운 짐을 지고는 소를 몰고가면서 짐 상태를 자주 살펴야 한다. 짐이 기울면 기운 쪽의 반대편에 적당한 무게의 돌멩이를 끼워 균형을 잡아준다. 이러한 일은 집까지 가는 도중에 자주 일어난다. 나는 소의 등짐에 돌멩이를 끼우며 할머니가 들려주시던 말씀이 생각나서 빙긋이 웃곤 했다.

옆 마을에 김 진사라고 하는 선비가 살았는데, 오로지 책 읽는 데에만 열중하여 집안일이라고는 거들떠보지도 않았다. 가을이 되자 김 진사네는 목초를 집으로 운반하고 있었다. 어느 날 그는 책 읽기가 싫증이 났던지, 아니면 식구들 보기가 민망했던지 소몰이를 자청하고 나섰다. 가족들이 말렸으나 굳이 하겠다고 우기는 바람에 소의 짐을 꾸려 그에게 몰고가도록 하고, 부인과 머슴들은 등짐을 지고 나중에 따라갔다.

김 진사가 한참을 가다가 뒤돌아보니 소에 실은 짐이 한쪽으로 기울어져 있지 않은가. 전혀 예상하지 못했던 사건이 발생한 것이다. 당황한 그는 한참을 궁리한 끝에 기막힌 생각을 떠올렸다. 김 진사는 넓죽한 돌을 주워 기울어진 쪽의 소 발 밑에 갖다 대고 밟게 하였으나 소는 돌을 피해서 걸었다. 그가 난감하여 쩔쩔매고 있는데, 뒤에 따라온 머슴이 잽싸게 돌멩이를 집어 짐 한쪽에 끼우니 원상태로 돌아왔다. 김 진사가 놀란 표정으로 머슴에게 물었다.

"자네, 그런 법을 어느 책에서 배웠는가?"

산을 지어 나를 수 있는 힘을 가졌기에 코뚜레를 달고 살아야 하는 운명을 지닌 짐승, 소는 개나 고양이처럼 놀고먹으면서 사랑받는 애완동물과는 차원이 다르다. 지금까지 나는 길마를 채운 소처럼 순진하고 충직한 동물을 보지 못했다. 가라면 가고 서라면 서며, 먹이를 주면 고맙다고 꼬리를 흔드는 복종심과 희생심이 큰 동물이다.

얼마 전에 〈워낭소리〉라는 영화가 많은 관객들의 심금을 울린 적이 있다. 산골마을 노인과 한평생을 살다간 소의 이야기에 사람들은 왜 그토록 감동했을까. 그것은 노인과 소의 마음이 말없이 서로 소통하고 있는 모습을 보았기 때문이리라.

나도 평생 길마를 지고 사는 것일지도 모른다. 때로는 무거운 짐을 지고 버둥대기도 하고, 경우에 따라서는 짐이 기울어 길마가 내려앉는 일도 생긴다. 내가 짐을 지고 가다 기울 때는 누가 돌멩이를 끼워줬을까?

돌이켜보니 늘 기운 짐을 지고 살아왔지 싶다. 나 또한 어느 누구에게 돌멩이를 끼워준 적이 있던가. 혹여 기운 짐을 바로잡아준답시고 소 발바닥을 받치는 우를 범하지는 않았는지 모를 일이다.

저 들판에서 한가로이 풀을 뜯고 있는 소들이 눈에 들어오자, 저들에게 다시 길마를 채워주고 싶은 생각이 인다. 그래서 길마에 짐을 싣고 묵묵히 걸어가는 소의 고삐를 잡아보고 싶다.

지금 이 순간 그런 생각을 하게 된 것은 아마도 깊어가는 이 가을의 불타는 단풍 때문일 것이다. (2010)

참깨를 털며

오늘은 참깨 터는 날이다.

수확한 참깨를 한 움큼씩 묶어 햇볕이 잘 드는 담벼락에 세워 두었더니 다물었던 꼬투리가 활짝 벌어졌다. 그 모습이 새끼제비가 먹이를 달라고 소리치는 입모양과 닮았다. 가끔씩 쩍쩍 입 벌리는 소리까지 낸다. 그 소리를 듣고 있으면 참깨를 타작하고 싶은 충동을 느낀다.

농사를 전업으로 하는 농부는 타작하는 것조차 괴로운 노동일 것이다. 하지만 식구들이나 먹을 정도로 여러 종류의 농작물을 오밀조밀 가꾸어 수확하고 타작하는 기분은 그 무엇을 이루어냈다는 성취감에 흐뭇함을 느낀다.

나는 많은 곡식을 타작해보았지만 참깨를 떨 때처럼 신나는 일은 없었다. 꼬투리가 떡 벌어진 참깨나무를 거꾸로 들고 막대기로 톡톡 두들기면, 깨알이 사르르 쏟아지는 소리가 참으로 좋다. 그 소리는 가을을 여는 소리일 게다. 그 소리가 좋아서 손에 힘을 주어 더 세게 두들기지만, 소리는 점점 작아지다가 멈추어 버린다.

운명은 순간이라던가. 빈 껍데기만 남은 댕가리를 내동댕이쳤다. 지나가는 건들바람으로 먼지와 쭉정이를 까불러서 알곡만 모았다. 대여섯 됫박은 됨직하다. 우리 식구 일 년 양념 걱정은 접어도 될 성싶다.

참깨는 곡식 중에서 가장 으뜸으로 치는 귀한 작물이다. 귀한 만큼 재배하기가 여간 힘든 게 아니다. 토양, 수분, 바람, 심지어 햇볕까지도 제 성질에 맞지 않으면 목숨을 버린다. 뿌리를 깊게 내리지도 못하면서 허리를 뻣뻣이 한 채, 꽃도 열매도 하늘을 향해서 고개를 쳐들고 있다. 바람 따라 휘어지고, 익을수록 고개를 숙이는 다른 작물의 속성을 단호히 거절한다. 그런 건방진 놈을 비바람이 어찌 용서하겠는가. 그런데 이 고지식한 식물이 어떻게 그 귀중한 열매를 만들어내는지 모를 일이다.

나는 참깨 꽃을 좋아한다. 화려하지도 진한 향기도 없지만, 나약한 가지에 외롭게 매달려 있는 연보라색 꽃은 고고한 선비의 기질을 닮았다. 꽃을 피우면 반드시 꼬투리를 맺는다. 여느 식물처럼 수많은 꽃을 피웠다가 무더기로 털어버리고 일부만 열매를 맺는 그런 부류와는 사뭇 다르다. 함부로 행동하지 않고 꼭 필요한 일에만 힘을 쏟겠다는 뜻일 게다.

참깨는 죽을 때까지 꽃을 피우고 열매를 맺는다. 생명이 붙어 있는 한 새로운 것을 창조하려는 도전정신을 가지고 있다. 꼬투리 속에는 네 개의 방을 만들어 씨앗을 보호한다. 애써 만든 열매를 갈무리하는 이치도 알고 있다. 그래서 새들도 그 씨앗을 넘보지 못한다.

참깨는 신비한 약리적 효능을 지니고 있다. 의료시설이 요즘처럼 흔치 않았던 시절, 옆집 아저씨는 요통을 자주 앓았다. 농사일을 하다 허리에 통증이 오면 며칠 동안 움직일 수가 없었다. 그때마다 부인은 참기름밥을 해 먹였는데 신통하게도 쑤시는 허리가 나았다고 한다. 이런 일이 자주 있다 보니, 참기름밥이 먹고 싶을 때는 허리가 아프다고 엄살을 떤다며, 아주머니가 지르는 소리가 울타리를 넘어왔다. 당시만 해도 참기름밥이 아무나 먹을 수 있는 흔한 음식이 아니니 그럴 만도 했을 것이다.

나도 참기름으로 병을 치료한 적이 몇 번 있었다. 눈에 다래끼가 나면 어머니는 주사바늘을 불에 달구어 소독을 하고, 상처를 낸 후에 솜으로 참기름을 찍어 발라 주었다. 목이 아프면 참기름에 달걀노른자를 풀어 마시라고 했다. 배가 아플 때에도, 입안이 헐거나 부스럼이 생겨도 참기름으로 병을 구완했다.

참기름을 짜는 날이면 어머니는 아침부터 바빴다. 오일장이 서는 날이기도 하여 참깨 외에도 팥이며 녹두 같은 돈이 될 만한 농산물을 잔뜩 지고 십리가 넘는 길을 걸어서 갔다. 기름집에는 사방에서 모여든 아낙네들로 북적댄다. 참깨를 내려놓고 순서를 기다리는 동안 어머니는 가지고 간 농산물을 팔러 오일장으로 향한다. 농산물이 팔리면 그 돈으로 옷가지와 신발, 반찬거리를 사고 기름집으로 와서 차례를 기다렸다.

그런 날 저녁이면 어머니는 참기름을 듬뿍 넣은 나물 무침을 만들었다. 그리고는 나물을 무쳤던 양은그릇에 보리밥을 비벼 나에게 주었다. 지금도 나는 그 맛을 잊을 수가 없다.

어머니는 가끔 깨를 볶아 깻가루를 만드셨는데, 그 고소한 향이 온 집안을 군침 돌게 만들었다. 깻가루는 간장, 된장의 양념뿐만 아니라 내 된장국에도 들어갔다.

나는 참기름 비빔밥을 즐겨 먹는다. 참기름 비빔밥에는 어머니의 향기와 맛을 느낄 수 있기 때문이다. 비빔밥을 만드는 것도 상황에 따라서 달라진다. 보리밥과 쌀밥, 나물이 있을 때와 없을 때, 그리고 종류에 따라서 비비는 방법이 다르다.

보리밥(꽁보리밥보다는 쌀과 팥을 조금 섞은 잡곡밥이 제격이다)에는 고추장을 넣고 비비다가 가지가지 나물을 섞어서 참기름을 듬뿍 뿌려 다시 한 번 골고루 비비면 된다. 나는 나물 중에서도 어린 무잎과 비름나물을 더 좋아한다. 때로는 상추나 무순, 부추와 같은 생채를 잘게 썰어 비비기도 한다.

흰 쌀밥에는 나물이 어울리지 않는다. 고추장과 참기름으로 버무리거나 깨소금으로 간을 맞추고 참기름만 쓰는 편이 낫다. 여기에 달걀 반숙을 얹어 먹는 맛도 괜찮다.

나는 비빔그릇은 양푼처럼 큰 양은그릇을 즐겨 쓴다. 밥알을 긁을 때 소리가 나야 비빔밥을 먹는 느낌이 들기 때문이다. 참기

릅은 널려 있는 각각의 개체의 특성을 침해하지 않으면서도 전체를 포용하여 완성된 통일체로 재탄생시키는 마력을 지녔다.

사는 것도 실은 비빔밥 같은 게 아니고 무엇이랴. 밥 따로 국 따로, 이것저것 입맛에 맞는 반찬만 골라 먹는 인생이 있을 수 있겠는가. 그릇 속에 갇혀 이리저리 채이면서 굴리다가 결국은 땅 속으로 들어가 존재도 없이 사라지는 인생.

겉으로는 타협하지 않으면서도 깊은 향기와 맛을 간직한 이 식물의 속성이 부럽다.

가을은 참기름 비빔밥을 생각나게 하는 계절이다. (2017)

라면을 먹으며

오늘도 농장 일을 하다 보니 점심시간은 어김없이 찾아왔다.

냉장고와 싱크대 주변을 두루 훑어보아도 반찬거리가 마땅치 않다. 이럴 때는 습관적으로 라면에 손이 간다. 채마밭으로 가서 대파나 쪽파를 뽑아 손질한다.

라면을 끓일 때에는 냄비에 물을 넉넉히 붓고 가스 불을 켠 다음 라면 봉지에서 수프를 꺼내어 털어넣는다. 물이 펄펄 끓으면 면을 반으로 뚝 부러뜨려 물속으로 투입하여 면이 엉키지 않고 잘 풀리도록 젓가락으로 휘휘 젓는다. 면이 풀리면 면을 들었다 놓았다 하면서 냉온 조치를 거쳐야 면발이 쫄깃해진다. 구부러진 면이 곧게 펴지면서 어느 정도 불으면 채소를 듬뿍 집어넣는다.

나는 모든 채소를 다 사용하지만 그 중에서도 쪽파와 부추, 대파를 자주 쓰는 편이다. 채소를 넣고 물이 끓으면 달걀 두 개를 풀어 재빨리 휘젓고 나서, 불을 끄고 뚜껑을 닫아 30초 정도 기다렸다가 먹는다.

라면은 냄비째로 먹는 게 제격이다. 그것도 오래되어 찌그러진

양은냄비가 어울린다. 라면에는 잘 삭은 묵은 김치보다는 갓 담근 새 김치가 내 입맛에는 잘 맞는다. 갓 절인 파김치도 좋다. 이렇게 끓인 라면을 후후 불어가며 국물까지 모두 들이켜고 나서, 믹스커피 한 잔을 마시면 마음이 넉넉해진다.

나는 라면을 그다지 좋아하는 편은 아니다. 소화기 계통이 좋지 않아 밀가루 음식을 의도적으로 멀리하기도 하지만, 오래 전부터 라면에 대한 좋지 않은 기억이 남아 있기 때문이다.

고등학교 2학년 여름방학으로 기억된다. 지인이 라면이라고 하는 물건을 팔겠다며 시내 상점에 배달해 달라기에 라면 배달원을 한 적이 있다.

당시 구멍가게라 불리던 상점은 그리 많지 않았으며, 상품들도 어린 아이들이 좋아하는 과자나 사탕이 주를 이루었고 빨래비누, 사카린, 미원 같은 생활용품과 소주, 막걸리를 취급하는 곳도 있었다.

라면을 자전거에 싣고 상점을 찾아다니며 10개씩 배달했다. 그러나 판매는 매우 부진해서 일주일이 되어도 10개를 모두 판 곳은 많지 않았다. 나도 이때 처음으로 라면 맛을 보았는데 수프에서 나는 누린내가 비위에 거슬렸다. 당시 나는 돼지고기를 제외한 다른 가축의 고기는 그 독특한 냄새 때문에 먹지 못했다. '설렁탕도 먹어 본 사람이 먹는다.'는 속담처럼 너무 어렵던 시절이라 먹어보지 않았던 음식이 쉽게 입맛을 바꿀 수는 없었던 것이다.

70년대는 식량 자급자족의 한 수단으로 분식을 장려했다. 군대에서도 이 정책은 예외가 아니어서 일요일 점심은 라면이 나왔다. 나는 당시 후방의 전투부대 운전병으로 수송부에 복무하면서, 보급품을 받으러 수십 킬로미터 거리의 보급품 기지로 운행했다. 거기에는 라면도 포함되어 있었다. 라면봉지는 라면 10 개와 함께 맨 위에 수프를 넣고 가는 고무줄이나 철사로 묶여 있었다. 여기서 나는 수프에 눈독을 들였다. 선임탑승자인 보급관이 있지만 기회는 얼마든지 있다. 수프를 빼내서 감추어두었다가 식사 때에 밥에 비비거나 국에 넣어 먹었다.

이렇게 수프를 빼먹는 사람이 어디 나뿐이겠는가. 군대에는 곳곳에 수프를 빼가는 사람이 널려 있었다. 그러니 일요일 점심에 나오는 라면 맛이야 오죽하랴. 더구나 큰 가마솥에서 수 백 명분을 여러 번에 나눠 끓이다 보니 불어터진 모양이 죽도 밥도 아닌 꿀꿀이죽이나 다름없었다. 안 먹자니 배고프고 먹자니 맛이 없었다.

농장에서 일을 하고 있으면 가끔씩 친구로부터 점심 먹으러 시내로 나오라 한다. 이런 친구가 몇 명 있다. 때로는 산에도 오르고 생각나면 전화해서 점심도 먹는. 나는 이런 친구를 라면 같은 친구라 부르고 싶다.

라면은 밥처럼 늘 규칙적으로 먹는 음식이 아니라 불규칙적으로 때와 장소를 가리지 않고 어울리는 음식이다. 술을 마시고 나서 속이 쓰리거나 입안이 텁텁할 때 먹으면 몸이 가뿐해진다.

라면은 혼자 먹기에 안성맞춤이다. 변변찮은 반찬으로 홀로 밥 먹는 모습을 보면 어딘가 쓸쓸해 보이지만, 뜨거운 라면을 후후 불어가며 호로록 소리 내는 모습은 낭만적으로 느끼게 된다.

근래 들어 농장에서 지내는 날이 많아지면서 라면과 접하는 횟수도 늘고 있다. 그래서 나는 내 입맛에 맞는 라면 끓이는 법을 개발하고 있다.

라면을 먹으며 나는, 점심시간에 도시락 대신 냉수를 들이키던 초중학교 시절을 생각하고, 집으로 돌아올 때 뱃속이 쓰려 바위 위에 엎드렸던 일을 기억한다.

라면을 먹으며 나는, 어머니가 보릿고개를 넘기려고 동네 사람들에게 나중에 일해주는 조건으로 식량을 구걸하던 모습을 떠올린다.

나는 라면을 먹으면서, 친구들을 생각한다. 배를 채우기 위해 늘 먹는 음식이 아니라, 출출하고 뭔가 허전할 때 그것을 쉽게 채워주는 라면 같은 친구. 라면이 독특한 맛이나 향기가 없어도 누구나 즐겨 찾듯, 라면 같은 친구도 그러하리.

라면은 이제 음식이기 전에 마음을 달래주는 친구가 되어가는 듯싶다.

날씨가 서늘해지면 나는 라면이 먹고 싶고, 그리하여 친구가 더 그리워진다. (2018)

어머니의 밥상

감귤 꽃이 흐드러지게 피었습니다.

해마다 이맘때면 대하는 천상의 선물이지만 올해는 감회가 다릅니다. 청아한 자태와 그윽한 향이 범접을 허용하지 않아 나무 사이를 가만가만 걸어봅니다. 노령기가 한참 지난 노목이 그 혹독한 한파에도 수많은 꽃눈들을 품어 안고 다치지 않게 키워낸 그 힘은 무엇일까요.

지난 1월, 수십 년 만에 찾아온 폭설과 한파는 우리 농장 1,000여 평의 월동감귤비닐하우스를 냉장고로 만들어버렸습니다. 온도계는 영하 8도를 기록하고 있었습니다. 출하할 날을 코앞에 두고 이 일을 당하고 나니 입술이 마르고 애가 타지만 어떻게 해볼 도리가 없었습니다. 온대지방이 고향인 감귤 나무는 추위에 견디는 힘이 약합니다. 날이 풀리자 나무는 점차 원기를 회복하였으나 이미 속살이 터져버린 열매는 썩기 시작했습니다. 누구를 원망하겠습니까, 하늘의 뜻인 것을. 떨리는 손을 다잡으며 모두 따서 버렸습니다.

가을에는 어머니가 설사로 병원에 3주 동안 입원하셨습니다. 병원이라고는 신경통약 받으러 다닌 적밖에 없던 어머니가 설사가 워낙 심해서 입원 내내 기저귀를 차야만 했습니다. 물도 마시지 못하고 오직 링거에 의지하여 가쁜 숨을 쉬는 모습에 인생의 말로를 생각하며 기저귀를 갈아드렸습니다. 하루에 적게는 대여섯 번, 많을 때는 열 번이 넘었습니다. 어머니의 잦은 설사가 당신의 잘못인 양 겸연쩍어하며 숨기려 하시니 수시로 확인을 해야만 했습니다. 미라처럼 말라 쪼그라든 체구는 대여섯 살 난 어린애만합니다.

"늙으믄 어린애가 된댕 허는디 나가 꼭 그 짝이여, 머리 허영헌 아들이 기저귀를 갈고."

하며 돌아눕는 어머니의 모습에 콧잔등이 찡함을 느끼게 됩니다.

아침에는 왕진 온 의사선생님의 좀 어떠시냐는 물음에는 대답도 하지 않고 딴청을 부립니다.

"식당 문 열었수가? 우리 아들 아침 밥 먹어야 허는디."

어머니에게는 끼니에 대한 남다른 의식이 아직도 남아 있는 듯합니다.

젊은 시절, 어머니는 늘 식구들의 끼니를 해결하기 위해 사력을 다했습니다. 춘궁기에 양식이 바닥나면 점심은 고구마로 때우고, 저녁은 나중에 일을 해주는 대가로 구해온 보리쌀을 맷돌에 갈아 나물을 넣고 죽을 쑤어 먹었습니다.

여름에는 마당에 멍석을 깔아 큰 밥상 두 개를 펴놓고 하나는 아버지와 아들들, 다른 하나는 어머니와 딸들이 둘러앉아 식사를 했습니다. 상에는 큰 양푼에 담은 보리밥과 물외 냉국, 된장과 마늘장아찌 그리고 콩잎과 같은 푸성귀로 상이 그득하였습니다.

감귤을 재배하면서부터 집안 형편도 나아져서 두 분이 마주한 동그란 소반에는 잡곡밥에 육류나 생선이 자주 올랐습니다. 내가 들를 때면 구운 고등어나 갈치 토막이라도 얹어 밥상을 차리셨습니다.

입원한 지 3주째가 되자 설사는 멈췄으나 음식물 섭취가 힘들었습니다. 집에 가겠다는 어머니의 성화에 수십 년간 살아온 농장의 집으로 돌아왔습니다. '이제 살 것 같다.'고 하셨습니다. 퇴원은 했으나 한동안 식사를 제대로 하지 못하여 애를 태웠습니다. 그러나 봄바람을 타고 매화꽃이 피어날 즈음에 어머니의 원기도 회복되어 혼자서 식사를 해결하실 수 있게 되었습니다.

그런데 어느 날 내가 본 어머니의 밥상은 동그란 양은 다반에 죽 한 그릇, 간장종지 하나가 전부였습니다.

"어머니, 밥을 드시지 않고……."

"죽이 먹고정 허연."

내일 모레가 상수上壽인 어머니. 나는 어머니의 밥상에 어머니의 인생이 차려져 있다는 사실을 알게 되었습니다. 길고 먼 여행을 준비하는 듯한 어머니의 모습은 아슬아슬한 벼랑 위에 서 있는 느낌입니다.

화창한 봄볕 아래 벌들이 감귤꽃에서 꿀을 퍼나르고 있습니다.

자식들에게 다 내주어 꿀샘이 마른 어머니는 당신이 심어 반백 년 동안 동고동락한 나무들을 사진이라도 찍듯이 살펴보고 있습니다. 어머니의 영혼세계가 궁금해집니다. 무슨 생각을 하며 그리 뚫어지게 보고 계시냐고 물어볼까 하다 그만두었습니다.

어느 틈엔가 창고 옆 참새촌에서 놀던 참새 두 마리가 날아와 앞장서며 요리조리 길을 안내합니다.

"포릉 포르릉 짹짹." (2016)

농자천하지대본

나는 농사를 지으면서 회의를 느낄 때가 종종 있다. 돈도 안 되는 일을 하며 왜 이 고생을 하고 있을까. 4,000평 영지에서 노화된 감귤나무를 베어낸 600여 평의 땅을 그냥 놀려두기가 뭣해서 이것저것 심어보지만 그 관리가 만만치 않다. 해가 갈수록 일거리를 줄여야지 하면서도 봄이 오면 또 밭을 갈고 씨를 뿌린다.

올 여름도 잡풀과 전쟁을 치렀다. 지난해 애를 먹었던 일을 경험삼아 미리 밭을 갈아엎고 제초제도 살포하여 단단히 대책을 세워 콩을 파종하였다. 일주일 후에 콩은 머리를 내밀더니 하루가 다르게 자랐다. 잡풀은 띄엄띄엄 보였으나 그 정도는 처리하기 쉬웠다.

장마가 시작되었다. 예년보다 기간도 짧고 비의 양도 적다는 기상청 예보지만 그래도 장마는 장마다. 이 기회를 놓칠 세라 잠복해 있던 바랭이, 쇠비름, 참비름 등이 연합하여 떼로 솟아났다. 그 성장속도도 워낙 빨라서 어느새 콩과 어깨를 나란히 했다. 수적으로 콩이 당해내지 못하고 허약해지기 시작했다. 내가 이들을 퇴치해보지만, 30도가 넘는 뙤약볕에 질식할 지경이어서 당해낼 도리가 없다.

잡풀은 꽃을 피워 예비병력을 수십 배 수백 배로 양성할 태세다. 이제 극약처방을 할 도리밖에 없다. 전쟁에서 이기기 위해서는 일부의 백성들 희생을 알면서도 불가불 선택할 수밖에 없는 전술을 쓰기도 한다. 화학약품을 살포하여 모두 전멸시켰다.

얼마 후 그 자리에 메밀을 심었다. 예부터 선조들이 여름농사를 실패했을 때 쓰던 방식을 따랐다.

우리나라는 예부터 '농자천하지대본'이라 하여 농업을 장려하는 문구로 자주 인용하여왔다. 이는 중국 한서漢書 문제기文帝記에 농야천하지대본야農也者天下之大本也 민소시이생야民所恃以生也라는 기록에서 유래한다.

'농사는 하늘 아래에서 가장 큰 근본이 되는 일이며, 백성들은 이에 의지하여 살아간다.'고 하였다. 우리나라 조선시대 농업지침서인 『농사직설』 서문에도 '농자천하지대본'이라 적고 있다. 이 뜻은 사람이 먹지 않고는 살 수 없음으로 생명을 유지시켜주는 농업이 가장 중요하다는 것이다.

그러나 그 내면에는 심은 만큼 거두는 하늘과 땅의 진리를 깨닫게 하려는 의도가 깔려 있다. 농사를 지으려면 계절의 흐름과 기후의 변화를 알고 이에 대응할 수 있어야 한다. 즉 농사는 하늘과 땅과 인간의 합작품이라는 것을 일깨워 준다.

나는 이 삼합의 원리를 확실하게 여러 번 체험하였다.

몇 년 전에 밭 한구석에 조를 심고 솎음질을 잘 했더니 이삭도 크고 탐스럽게 여물어갔다. 어느 날부터 참새 몇 마리가 탐색하는가 싶더니 점차 그 숫자가 늘어났다. 허수아비도 세우고 반짝이 줄을 매달아 수시로 순찰하며 쫓아냈다. 볼일이 있어서 하루 농장에 가지 못했다. 다음날 내가 조밭에 갔을 때 기겁을 하고 말았다. 참새 떼가 새카맣게 하늘을 덮고 날았다. 그렇게 많은 새들을 처음 보았다.

나는 해마다 참깨를 심어 참기름을 짜서 먹고 있다. 그런데 이 곡식은 털어서 항아리에 놓기 전에는 안심할 수가 없다. 참깨는 기후 변화에 매우 민감한 식물이다. 비가 너무 자주 와도 안 되고, 너무 가물어도 아니 된다. 몇 해 전에는 참깨가 아주 잘 자라서 거의 수확기에 접어들었을 때 태풍이 불어닥쳤다. 태풍은 참깨를 휘저어 모두 꺾어버렸다.

또 어느 해는, 수십 년 만에 닥친 추위로 1,000여 평의 월동감귤 하우스를 냉장고로 만들어, 그 속에서 출하를 기다리던 감귤이 모두 얼어터져서 수천만 원을 날려버렸다.

농부는 이러한 일을 수없이 겪으면서 인내와 포용력과 도전정신을 쌓아간다. 실패했다고 좌절하지 않고 포기하지 않으며, 이를 거울삼아 극복하려는 지혜를 모은다. 이러한 농부의 마음이 '농자천하지대본'이다.

그러나 근세에 와서 과학문명의 발달로 농기계가 인력을 대신하고, 농업에 대한 의존도가 약화되면서 농부의 순수한 정신은 사라지고 있다.

우리 농장과 마주한 6,000여 평 땅에는 주로 잎채소 농사를 짓는다. 일년에 2~3모작을 하는데 대형 트랙터로 땅을 갈고 씨를 뿌려 흙을 덮는다. 모종을 심을 때에는 십수 명의 인력을 동원하여 하루에 끝낸다. 잡초는 제초제를 사용하기 때문에 김을 맬 필요가 없다. 비료도 기계로 살포한다. 이렇게 해서 만약 작물이 시원치 않거나 시세가 폭락할 우려가 있으면 바로 갈아엎고 다른 작물을 심는다.

이제 농업은 상업화되었다.

비경제적인 농사를 짓는 농부는 어리석은 사람이다. 그걸 알면서도 버리지 못하는 나는 진짜 어리석은 사람일지도 모른다. 그러나 나는 계속 이렇게 살아갈 것이다.

요차불피樂此不疲는 아니더라도, 심고 가꾸고 수확하는 그 마음은 육체의 괴로움보다 훨씬 즐겁고 행복하기 때문이다.

지금은 일손이 조금 줄었지만, 내가 먹는 쌀밥 한 알에 농부의 손이 88번 닿았다는 사실을 잊지 않으려 한다.

오늘도 나는 이 8월의 삼복증염三伏蒸炎에 땀을 바가지로 쏟으며 가을을 기다린다. 서쪽 하늘에는 뭉게구름이 마파람에 떠밀려 어디론가 가고 있다.

천우경전天牛耕田이라 했던가. 할 수만 있다면 하늘의 농사도 지어보고 싶다. (2019)

어른 노릇 하기

근래에 와서 가는 곳마다 윗자리로 안내하는 바람에 부담을 느낀다.

어느덧 이만큼 대접받을 나이가 되었단 말인가. 그렇다면 나는 나이에 따른 인사치레인가, 아니면 정말 어른 대접을 받는 것일까.

어린 시절에는 빨리 어른이 되어야 하겠다고 생각했던 적이 있었다.

명절이나 제사를 지내고 나면 음식을 쟁반에 담아 참석한 사람들에게 나누어주었다. 제사상에는 떡 종류와 돼지고기 산적, 과일 종류 몇 가지, 마른생선 구운 것 한 마리, 채소 약간 등이었다. 생활이 어렵던 시절이라 값이 비싼 돼지고기와 과일은 아주 빠듯하게 차려놓았다.

음식은 웃어른부터 나이 순서로 반기頒器를 돌렸다. 이때 돼지고기 산적과 과일은 모자라는 경우가 생긴다. 그러면 당연히 아이들에게는 그 음식이 빠졌다. 그토록 기대하고 먹고 싶었던 돼지고기 산적 한 점과 사과 한 조각이 없는 반기를 바라보며 나는 허탈감을 느꼈다.

중·고등학교 다닐 때에는 미성년자를 출입금지하는 곳이 많았다. 특히 선생님이 영화를 보고 와서 그 이야기를 들려줄 적에는 어른이 부러웠다.

어른이란 어떤 사람을 지칭하는 말일까.

사전적 의미로는 다 자란 사람 또는 자기 일에 책임질 수 있는 사람, 결혼한 사람, 나이나 지위 등 항렬이 높은 사람이라고 한다.

그러나 사회적 의미의 어른은 다르다. 유학에서는 예를 갖추어 실행할 줄 아는 사람을 어른이라 일컫는다. 예는 거룩함(聖)과 세속(俗)을 구분하는 의식에서 나왔다. 따라서 자기수양을 통한 내면의 성화聖化가 반드시 뒤따라야 어른이 된다고 하였다. 성화하려면 많은 고통을 인내하고 폭넓은 지식과 교양을 쌓아야 한다.

이상적 어른의 본보기는 바로 성인을 이름이니, 사람은 누구나 성인을 닮으려고 노력해야 한다는 것이다.

공자는 70세가 되니 '뜻하는 대로 행동하여도 도에 어긋남이 없다'고 했다. 그래서 나이 70을 종심從心이라고 한다.

어떤 분은 어른이 되기 위한 조건으로 몇 가지 덕목을 갖추어야 한다고 하였다.

고통을 극복하며 무시당하지 않고 당당한 자세와 언행에 대한 책임감과 충동에 휩쓸리지 않으며, 예의는 지키되 인물에 대한 평가는 냉철히 하고, 감정을 지혜롭게 조절할 줄 알아야 한다고 하였다.

과연 이러한 조건을 모두 갖춘 사람이 얼마나 될까. 그래서 어떤 이는 지금까지 참된 어른에 대하여 말해준 사람은 아무도 없다고 하였다.

나는 그러한 큰 어른이 아니라, 흔히 말하는 적어도 나이 값은 하는 어른의 의미를 생각해본다. 그런데 나이 값은 얼마나 되며 그 값은 누가 정하는가. 아마도 이에 대한 대답은 누구도 할 수 없을 것이다.

그러나 우리 모두는 할 수 있다. 장소와 상황에 따라서 어른이 되기도 하고, 철없는 아이만도 못하는 사람이 되기도 한다.

나는 어른이란 어려운 상황에 처해 있는 사람이 도움을 청하거나, 스스로 그를 닮으려고 하는 사람이 많은 분을 의미한다고 생각한다. 또한 예의를 잘 지켜서 남에게 불편하거나 거부감을 느끼지 않게 하는 사람도 어른 자격이 있다고 본다.

더 나아가서 어떤 중대한 잘못된 사안에 대하여 올바르게 지적할 수 있는 사람이라면 진정한 어른이 아닐까.

이는 학식이나 지식과는 관계가 없다. 인생 체험을 통하여 얻은 상식이면 족하다. 그러나 그러한 상식은 누구나 아는 상식이 아니라 일반 사람과는 다른 상식이어야 한다.

요즘 우리나라 정치지도자들을 보면서 어른이 없다고들 말한다. 제 잘났다고 나서는 사람들 하는 언행이 어린애만도 못하는 경우가 많다. 예의는 고사하고 골목깡패 같은 언동을 스스럼없이 하면서 지도자를 자처한다. 더 기가 막힌 것은 이를 추종하는 집단들이다.

욕설과 과격한 행동으로 상대방을 제압하려는 이 사회가 과연 제대로 된 사회인가. 그러나 누구도 이를 바로잡으려 하지 않고, 오히려 이들을 부추겨 자기편으로 삼으려 하니 이것이 선진국 대열에 들었다는 나라의 모습인가.

나는 이들을 보면서 그 집안에 어른이 없거나, 어른 노릇을 하지 못했을 것으로 믿는다. 가정의 질서가 무너지고, 사회의 윤리의식이 사라져가고 있다. 세 살 버릇 여든까지 간다는 속설을 되새겨 볼 일이다. 과거에는 자식이 잘못을 저지르면 부모가 대신 사과했다. 이것이 선비정신이다.

불가에서는 업을 지으면 그 업이 익어서 더 크게 돌아온다고 하였다.

역학에서는 자기가 행한 행위의 대가는 자기뿐만 아니라 후손에게까지 영향을 끼친다고 믿는다.

나는 나이대접 받기가 쑥스럽다. 대접받은 만큼 뭘 보여줘야 하는데 그게 쉽지 않아서이다. 나이는 저절로 쌓이지만, 어른의 자격은 에베레스트산을 오르는 것보다 어렵게 느껴진다.

그래서 나는 산을 자주 오르고, 가끔 여행도 떠난다.

게다가 어른이 되어보려고 수필을 쓰고 있다. 미학적 수사법을 동원하여 내 인생 여정을 그리다 보면, 지금까지 지은 업을 조금이라도 덜어내어 후손에게 넘겨주지 않게 되기를 바라는 마음이 간절해진다.

어른이 어른 노릇하는 사회, 사람마다 나이 값하는 세상을 위해서 우리 모두 수필을 써보는 것은 어떨는지…. (2019)

초판인쇄 2019년 12월 2일
초판발행 2019년 12월 14일

지 은 이 강상옥
펴 낸 이 노용제
펴 낸 곳 정은출판

주 소 서울특별시 중구 창경궁로 1길 29 (3F)
전 화 02-2272-9280
팩 스 02-2277-1350
이메일 rossjw@hanmail.net
ISBN 978-89-5824-401-1

값 13,000원

* 이 책은 문화체육관광부, 제주특별자치도, 제주문화예술재단의 기금을 지원받아 발간되었습니다.

Created by jepublishing - Freepik.com